ハーレクイン文庫

華やかな情事

シャロン・ケンドリック

有森ジュン 訳

HARLEQUIN
BUNKO

THE GREEK TYCOON'S CONVENIENT WIFE

by Sharon Kendrick

Published by Harlequin Japan, a Division of K.K. HarperCollins Japan, 2024

華やかな情事

◆主要登場人物

アリス……………………………会社員。
カースティ………………………アリスの親友。
キュロス・パヴリディス………大富豪。オリーブ園経営者。
ソフィア…………………………パヴリディス家の家政婦。

1

車のドアがばたんと閉まり、私道の砂利を踏み締める音がした。続いて玄関のベルが鳴ったとたん、アリスは緊張した。ベルは不自然なほど大きな音で家の中に響き渡った。

彼が来たのだ。

アリスは大きく息を吸うと、真っ赤な口紅を手早く引いて一歩うしろに下がり、鏡に映った別人のような自分の姿を見つめた。

キュロスとの再会にふさわしい鎧(よろい)のような服をたまたま着ていたのは、天の配剤だったのかもしれない。ふだんなら、こんなぴったりした黒いサテンのドレスを着ることはない。シルクのストッキングを身につけることも、真紅の靴底のピンヒールのパンプスをはくこともない。耳から下がるきらきらしたイヤリングも、喉元を飾る派手なネックレスも本物の宝石ではないが、少なくとも今日の目的にはかなっている。かつての恋人はこのまばゆい光に圧倒されて、私の目をのぞきこんだりしないはずだ。そうすれば、千々に乱れる胸の内に気づかれることはないだろう。

アリスはなんてきれいなんだと彼に思わせたい。こんな女性と別れて愚かだったと。私と同じ立場に置かれたら、女性はみんなそう思うのではないだろうか？　私がギリシア人ではないという理由だけでさっさと別れを告げた男性に、ほんのわずかでも悔やんでほしい。

再びベルが鳴った。

「今お風呂から出たところなの！」廊下の向こうから親友のカースティが叫んだ。

アリスはもう一度大きく深呼吸をした。どうか、私に力をお与えください。そう祈りながら、階下へと歩きだした。

「わかったわ！」声を張りあげて親友に応える。「私が出るから！」

ハイヒールをはいているせいで、階段を下りる足取りはゆっくりだったが、アリスの心臓はピストンのように勢いよく打っていた。玄関のドアを開けると、めまいがするような夏の夕日がいっきに差しこみ、立っている男性のシルエットが浮かびあがった。アリスは口の中がからからになった。彼から電話がかかってきたときから、胸の中にはさまざまな思いが交錯していた。彼がどんな風貌になっているのか想像しようとした。だが、十年前に初めてキュロス・パヴリディスに会ったときの心臓がとまりそうな衝撃を思うと、心の準備などできそうになかった。

彼はドアの向こうに立っていた。黒いＴシャツと黒いジーンズがたくましい体をくっきりと浮きたたせている。引き締まった上半身と筋肉質の長い脚を。

　逆光のせいで、わかるのは黒曜石のような瞳のきらめきだけだ。顔の表情はわからない。しかし、目が光に慣れてくるにつれ、一つ一つはっきりと見えてきた。高い頬骨、鷲鼻。めったにゆるむことがない口元には人を寄せつけない雰囲気が漂う。記憶にあるとおり、その表情は恐ろしいほど冷然としている。けれど、今もすばらしくハンサムだ。

　アリスは今にもその場にくずおれそうで、重厚なオーク材のドアの端を必死につかんだ。いや、いまだに彼のことを、これまで会った男性のだれよりもすてきだと思っていることを無意識にアピールしようとしたのかもしれない。だが、そんな混乱状態はたちまちおさまり、プライドが頭をもたげた。この男は私を深く傷つけたのよ。去っていく彼を黙って見送ったけれど、あれ以来、私は愛を信じられなくなった。そのことを忘れてはならない。

「こんにちは、キュロス」アリスは静かに言った。

　一瞬、キュロスは言葉に窮した。怒りと生々しい欲望がどくどくと血管を流れ、体じゅうをめぐっている。彼はすばやくアリスに目を走らせた。結婚指輪はしていない。背後に得体の知れない訪問者を監視する男の姿もない。それでこの売春婦まがいの服装とは、どういうことだ？

　かつてこの体に巻きつけた長い見事な脚を惜しげもなくあらわにしている黒いサテンのドレスに目をやったキュロスは、称賛と苦々しい思いで唇をゆがめた。彼の視線は豊かな胸のふくらみからようやく離れたかと思うと、今度は完璧(かんぺき)なヒップにそそがれた。血の通った男ならみんな、同じような反応をするだろう。こんな服装で玄関に出てくるなんて、いったいどういうつもりなんだ？　彼女が欲しくてたまらない。

「こんにちは、アリス(カリスペーラ)」欲望が体の奥深くで渦巻くのを感じながら、キュロスは低い声で言った。「服を着るのを忘れたのかい？　それとも、夜の仕事に出るところなのかな？」

ひどい侮辱の言葉にもかかわらず、キュロスの声を聞いたとたん、アリスはすべてを帳消しにしそうになった。電話で聞いてはいたものの、強烈なオーラを放つ生身のキュロスから発せられると、その衝撃は何倍も大きかった。彼独特のギリシア語のアクセントとセクシーな響きは、立入禁止の過去へといっきにアリスを連れ戻した。

「パーティへ行くところだと言ったでしょう」気がつくと、アリスはキュロスに対して早くも身構えていた。

「寝室以外でははくべきでないそんな靴で？」キュロスはとびきりヒールの高いパンプスにちらりと目をやった。

アリスはドアをつかむ手にさらに力をこめた。「ねえ、キュロス、十年ぶりに会った相手と侮辱し合うなんて、イギリスでは伝統的な挨拶(あいさつ)の仕方とは言えないわ。それとも、あなたはマナーの基本を忘れてしまったのかしら？」

だが、キュロスはアリスの言葉など聞いていなかった。ただ穴があくほどじっと彼女を見つめていた。そうすれば、突然視界がはっきりして、自分が会いたかった女性が現れるとでもいうように。彼が知っているアリスは、ブロンドの髪を腰まで垂らした純粋で無垢(むく)な女の子だった。こんなふうにカールした髪を洗練されたスタイルに結いあげたりはしなかった。まるでカジノで働く女性のようだ。着るものだって、いつもかわいらしいコットンのワンピースか、Tシャツとギャザースカートの組み合わせだった。今着ているような肌があらわになるセクシーなドレスを身につけたりはしなかった。そもそもそんなことはキュロスが許さなかった。

そこで、アリスのエメラルドグリーンの瞳にじっと見つめられていることに気づくと、キュロスはきらりと目を光らせた。「わかったよ、アリス。君がそういうしきたりを重んじているなら、お望みどおりにしよう」再び視線をさまよわせ、彼女のつややかなクリーム色の肌に見とれる。「久しぶりだね」彼は皮肉っぽく言った。「これが長いこと会わなかったときの挨拶だったかな?」

アリスは身震いした。キュロスのなめらかな口調は、ギリシアの海賊のような風貌にはそぐわない。しかし、服をはぎ取るような露骨な視線に出合うと、体から力が抜けそうになる。昔からそうだった。「あなたはもう来ないと思っていたわ」彼女は言った。

「立ち寄ると言ったはずだ」

「ええ。ええ、そうだったわね」

キュロスは、ちょっと顔を出すと言ったのだ。ここに来ることはほんのついでのように。わざわざ私に会いに来るわけではないと、ことさら強調したのだろうか？　私が誤解しないように。それに、自分一人で行くとも言わなかった。アリスはふと、彼の肩の向こうに目をやった。背後にエキゾチックなギリシアの美女がいるかもしれない。だが、だれもいないとわかって、心からほっとした。

一方、キュロスはとまどっていた。アリスの態度は、これまで経験した中でも最上級の歓迎とは言いがたかった。もちろん、彼女が両腕を広げて待っているわけがないことはわかっていた。それでも、いまだにギリシア的な封建主義にとらわれている彼は、アリスの冷淡さに驚いた。もしかすると彼女は、僕を見たときの両親の反応について心配しているのだろうか？

「ご両親はいらっしゃるのかい？」

「いいえ。父が仕事を早めに引退したから、母と二人で新しい生活を満喫しているわ。今はモルディヴに旅行中なの！」私ったら、なぜ彼にこんなことを話しているの？

キュロスはさぐるように目を細めた。「すると、君はここに住んでいるのかい？　ご両親と一緒に」

私が敏感に反応しすぎるのだろうか？　キュロスの言い方を聞いていると、自分が恋に破れて両親のもとにすごすごと帰ってきた哀れなハイミスのように思えてくる。アリスは笑った。「もちろん、そうじゃないわ。私はここには住んでいるわけじゃないの。ロンドンにフラットがあるのよ。今日のパーティのために帰ってきたの」

「それじゃ、まだそのパーティに出かけるつもりなのか?」

アリスはあっけにとられて、ぽかんと口を開けた。「ひょっとして、あなたが来たから、私がパーティに行くのをやめるとでも思っているの?」

キュロスの顔にゆっくりと笑みが広がった。「そうじゃないのかい?」

アリスは彼の傲慢さに憤慨したかった。だが、パーティをすっぽかしたいという思いがちらりと心をよぎった。

そうだ、カースティに自宅に帰って身支度をするように勧めよう。そうすれば、少しの間、この黒い瞳のギリシア人と二人きりで過ごすことができる。忘れようにも忘れられない男性と。

失われた歳月を埋めたいと思うのはごくふつうのことだと、アリスは自分に言い聞かせた。それで、二人の関係にきっぱりと終止符を打てるかもしれない。

いや、嘘だ。キュロスと一緒にいたい理由は一つしかない。それは彼と話をするためではなく、もっと違うことをするためだ。「がっかりさせてごめんなさい」そう言って、アリスはごくりと唾をのみこんだ。

一瞬、沈黙が広がった。「いや、君にがっかりさせられたことはない。あのころも、もちろん今も。そんなショーガールのような格好をしていてもね」

キュロスはアリスの全身に視線を走らせた。アリスは突然、なぜこのドレスの上にキモノ風のシルクのガウンをはおってこなかったのかと悔やんだ。こんな姿で玄関に出ていくのは一種の挑戦だった。そう、三十歳になろうとしている未婚の女性が、大学時代と同じすらりとした体型を保っていることをアピールするのは。あえてそうしたものの、アリスは身の置きどころのない気分になった。彼の値踏みするような視線にさらされたあげくに、嫌悪感をむき出しにされたのだから。

しかし、キュロスをきっぱりとはねつけることはできなかった。このままでは、自分を愚かに見せるだけでなく、キュロスはいまだに私の心をかき乱すことができると彼に思わせてしまう。実際、そうなのだろうか？　いや、心をかき乱されてはいない。ただ好奇心に駆られているだけだ。ふつうなら、いくら愛していたからといって、別れた男性がどうしているか知りたくて何年間も悶々と過ごしたりはしないだろう。ただ、その男性を心の中から締め出すだけだ。

だから、これは気持ちを切り替えるいいチャンスではないだろうか？　この再会をきっかけに、つらい思い出を一掃し、新しい思い出に置き換えよう。キュロスは神ではなく、ただの男性で、私は前に進んでいることを自覚するのだ。それができたらすばらしい。

アリスはあとずさりした。「中に入ったほうがいいわ」

「やっと言ってくれたね」キュロスは皮肉っぽくつぶやいて家の中に足を踏み入れ、一部屋ほどの広さがある玄関ホールを勝ち誇ったように見まわした。

居心地のいい、いかにもイギリスらしい趣の家だった。たくさんの本やクッション、絵や写真の飾られた壁、古めかしい厚みのあるソファ。初めてこの家に来たとき、キュロスは違和感を覚えた。温かい雰囲気をうらやましく思うと同時に、息がつまりそうな気がしたのを覚えている。

アリスの母親が出してくれた手作りのケーキ。ほのかに香る紅茶がつがれたカップは繊細で、透き通るほど薄かった。足元には犬が座り、濡れたような茶色の瞳で餌をくれと訴えていた。

「この子に食べ物をやってはだめよ」アリスはくすりと笑って言った。「ものすごい食いしん坊なの！」

キュロスはその犬に食べ物をやった。やらないわけがないと思われているのはわかっていた。案の定、みんなが笑った。あのとき、暗黙のテストに合格したのだろうか？　あれは、浅黒い肌の男っぽいギリシア人を家族の中に受け入れるかどうかを判断する入会テストのようなものだったのだろうか？　彼自身は、名ばかりとなった家族から離れて久しかった。あのあと、アリスはキュロスの目をのぞきこんでにっこりした。その瞬間、彼は感じた……。

なにを？

危険を？

そう。深入りしすぎてしまったのは確かだった。もっと確かなのは、キュロスは落ち着くには若すぎたということだ。そして、いずれは身を固めるにしても、相手はアリスのような女性ではないということだった。

今、キュロスはアリスを見つめていた。どんなに濃い化粧をしていても、これまで見たことがないほど美しい瞳に変わりはなかった。森の中の沼のような深いグリーンの瞳。彼はふいに、きらめく滝のように見えたアリスの髪を思い出した。月の光に照らされ、彼女の裸の背中で波打っていた。忘れていたロマンチックな光景がよみがえり、体の芯が熱くなる。彼はそれに気づかれる前にソファの一つに腰を下ろした。

「それで……イギリスにはなにをしに来たの？」アリスはそう尋ねながら、すばやく部屋の反対側に歩いていき、危険地帯であるキュロスのそばから離れた。

キュロスは長い脚を伸ばした。そして、アリスがわざとできるだけ遠くにあるソファに浅く腰をかけるのを、唇をゆがめて愉快そうに眺めた。彼女が座るとき、ストッキングの上にのぞく素肌がちらりと見えた。「結婚式に行ってきたんだ」彼はもの憂げに言った。

それはアリスにとって、キュロスの口からいちばん聞きたくない言葉だった。思わず爪がソファにくいこむ。キュロスと結婚式は、水と電気のように相いれない組み合わせだ。

かつて彼との結婚を願ったアリスには、その言葉はとりわけ不快に響いた。彼女はキュロスをじっと見つめた。「私が知っている人？」

「双子の弟のクサンドロス？」

「クサンドロスだよ」

「驚いたみたいだね」

アリスは信じられないという顔で首を振った。「驚いたなんてものじゃないわ。だって、弟さんは女性に深入りしたがらない、いわゆる〝永遠の誓い恐怖症〟だと思っていたから。恋人の数の多さでは伝説的だけど」

「以前はそうだった」キュロスは肩をすくめた。「だが、どんなに落ち着きのない男も飼い慣らされてしまうものだね。あのクサンドロスがレベッカという女性と出会って、結婚までしたんだから」

「お相手はギリシアの女性ではないの？」アリスはすばやく口をはさんだ。急に心臓が痛いほど激しく打ちはじめた。

「イギリス人だ」二人の目が合った。「君と同じ」

いいえ、私とはまったく違う。アリスは声に出さずに否定しながら、心に負った傷を見せまいとした。キュロスは十年前、育った環境があまりにも違う二人がつき合いつづけることは無理なのだと、なんとか私に納得させようとした。文化の違いは、将来をともにしようとする二人にとって弔いの鐘になるだろうと。あれは、別れる気がなかった私とのロマンスに終止符を打つための格好の言い訳として、彼が思いついたことなのかもしれない。「あなたと弟さんは疎遠になっていると思っていたわ。あのころ、あなたは弟さんのことをほとんど話さなかったし」

キュロスは豊かな黒い髪をかきあげた。それは本当だった。クサンドロスとはいさかいが絶えず、結局、派手な喧嘩をして別れ別れになってしまった。弟は島を出てアメリカへ行ったきり戻らず、双子の兄弟は互いにこれが最善の道だと自分に言い聞かせた。それほど二人の溝は深かった。だれでも十八歳のころには、白か黒かをはっきりさせたがるものだ。そのうちに人生は灰色で曖昧なものになっていく。

「もう遠い昔のことだ」キュロスはぶっきらぼうに言った。「すべては時間が癒してくれる。僕たちは二人とも、そもそもの喧嘩の発端がなんだったのかすら思い出せなくなっていた。それで考えたんだ。あいつの結婚式に出てみようかと」それはクサンドロスにとって大きな意味があった。実際、式の直前に、クサンドロスはキュロスをきつく抱き締めてそう言ったのだ。顔は見えなかったが、キュロスには弟の思いが伝わった。クサンドロスは結婚を決意したことで大きく変わったに違いない。

「それで、弟さんは今……幸せなの？」アリスは尋ねた。

「幸せ？」キュロスは口元をこわばらせた。女性というのは、どうしてこうも愚かで通俗的なのだろう。幸せは永遠に続くものと単純に考えているのだ！　結婚証明書によって既成事実となり、何物にも壊されることはないと。幸せは泡のようなものなのに。はじけたら消えてなくなり、あとにははかない思い出しか残らない。

　それでも、愛にどっぷりとひたっている弟を見て、キュロスが驚いたことは確かだった。あの傲慢な弟が恥ずかしげもなく、どんなに妻を愛しているかを人前で平然と示すのを目の当たりにして、キュロスは落ち着かない気持ちになった。そんな愛など長続きするはずがなく、クサンドロスにはのちのちそういう弱さのつけがまわってくるだろう。離婚ということになれば、彼の少なからぬ財産の半分を妻に分け与えるはめになる。

「まあ、だれでもしばらくの間は幸せかもしれない」アリスを見つめる黒い瞳に険しい表情がよぎった。「だが、それがずっと続くかどうかはだれにもわからない。僕は続くとは思わないね」

「あなたって皮肉屋ね」アリスは唇をゆがめて言った。

「というより、現実主義者じゃないかな」

　二人は黙って互いの目を見つめていた。しばらくしてから、キュロスがようやく沈黙を破った。さもないと、くすぶっている欲望に火がつきそうだった。アリスの手に指輪はなかったが、彼は確かめたかった。欧米の新しい世代の女性は結婚指輪をつけない場合も多い。

「君にはいないのかい、アリス？」

アリスはうなずいた。「ええ、いないわ」

「恋人は？」

「それもいないわ」

キュロスはほほえんだ。「僕に匹敵するような男はいなかったってことかい？」

彼は私の胸の内を読んだのだろうか？ なんていまいましい。そう、キュロスのように私の身も心もとりこにした男性はいなかった。「確かに、自惚(うぬぼ)れの強さではあなたに匹敵するような男性はいなかったわね」アリスは冷ややかに言った。

キュロスは笑いながら、ソファの上でわずかに体をずらした。「ほかの面でも、いないと思うが」彼はつぶやいた。

「そんなこと、考えもしなかったわ」アリスはキュロスのあけすけなテクニック自慢を受け流し、自分の嘘がばれないように祈った。そして、彼が去ったあと、何度も眠れぬ夜を過ごしたことが表情に表れていないように。キュロスのことを思うと、いつも喉が締めつけられるように苦しくなった。それを乗り越えるまでには、多くの時間と努力を要したのだ。その努力をここでふいにしたくはない。「そもそもあなたのことはあまり考えなかったし」

「本当かな？」キュロスは皮肉っぽく尋ねた。

「過去は振り返らないようにしているの、キュロス。さっさと忘れるのがいちばんだわ」アリスはそう言いながら、心の中ではキュロスの傲慢なふるまいを忘れられるわけがないと思っていた。彼自身、自分についての思い出は永遠の光のように輝いているものと信じているのは明らかだ。「あれは私たちが二人とも若かったころのことよ。もう終わったことだわ。今さらどうだっていうの？」彼女は肩をすくめた。「だれにでもあることよ」

キュロスは信じられないという面持ちになり、次いでいらだたしげに目を細めた。アリスが本音を言っている可能性はあるだろうか？　あたかも僕が退屈な恋人だったかのように、二人の〝情事〟を頭から追い払うことなどできるのか？

アリスが本気で言っているのではないとしたら、あえて二人の過去をおとしめようとしているのだろうか？　僕にはもう関心がないと強調するために。いずれにしろ、彼女はその言葉を撤回することになるだろう。ああ、今すぐ彼女をどこかへ連れていきたくてたまらない。

キュロスは今夜、衝動的にここに来たのだった。あれからアリスがどうしていたかを知ろうと思いたって。彼女がなにげなく口にした言葉は、くすぶっていた火にバケツで油をぶちまけるようなものだった。

彼はアリスが欲しかった。

今もアリスを求めていた。

今夜、彼女をこの腕に抱こう。売春婦のようなドレスをはぎ取って、よく知っている胸のふくらみをあらわにするのだ。そして、そこに唇を押し当て、愛撫する。おそらくすぐに、時が彼女の体の曲線に変化をもたらし、磨きをかけたことがわかるだろう。

キュロスは口の中がからからになった。ハイヒールははいたままにさせておこう。ベッドをともにしさえすれば、アリスへの欲望はおさまるはずだ。そして、僕はようやく解放される。体と心にまといついていた彼女の面影を振り払って。長く甘美な一夜で、彼女の痕跡をすべて消し去るのだ。

「確かにだれにでもあることだ。似たような経験は」キュロスはつややかに光るアリスの真っ赤な唇に視線をそそいだまま、穏やかに同意した。それから、蛇がとぐろを解くように、優雅な物腰でソファから立ちあがると、アリスに近づいていった。「ところで、今夜、君が行くパーティのことを話してくれないか？」

アリスの呼吸が速くなった。「別に……話すことなんてとくにないわ」

キュロスはアリスの扇情的なドレスが引き起こす客のどよめきを想像した。以前、アリスは常に彼のために装った。そして、彼のために服を脱いだ。そのことを思い出し、突然キュロスは嫉妬の嵐に襲われた。体がかっと熱くなる。「だれのパーティだ？」

アリスはキュロスの全身から敵意が発散しているのを感じた。「キュロス、やめて！厚かましくも十年ぶりに戻ってきて、今つき合っている人たちのことで私を問いつめるなんて、許せないわ」

「許せない?」キュロスはさらに一歩近づいた。「それでは僕の質問に答えたことにはならないよ、アリス」

キュロスは体温が伝わるほど間近に迫ってきた。たくましい体からセクシーなオーラを発している。アリスは彼の目尻に小さなしわがあるのに初めて気づいた。光沢のある豊かな黒髪は、もみあげのあたりがかすかに銀髪になりかけている。「あなたの質問に答える義務はないわ」

「だれのパーティなんだ?」キュロスは静かな口調でなおも尋ねた。だが、そのとき階段からこつこつこつという靴音が聞こえ、ぴったりした銀色のジャンプスーツに身を包んだ女性が入ってきた。

「こんなの着てると、呼吸困難になりそう!」彼女は飲みかけのワイングラスを手ににっこりして言った。だが、キュロスを見るなり、ぴたりと動きをとめ、コミックの登場人物のようにそのまま表情を凍りつかせた。

キュロスは唖然(あぜん)として、まじまじとその女性を見つめた。「いったいだれだ?」

カースティは自分が見ているものが信じられないように目をぱちくりさせている。いきなり彼に失礼な言葉を投げつけられたこともまるで意に介していないようだ。

キュロスへの複雑な感情さえなければ、親友がぽかんと口を開けたまま彼を凝視している光景を、アリスは楽しめたかもしれない。

「こ、こんにちは」カースティが言った。「きっとあなたは――」

「こちらはキュロス。キュロス、カースティ、前に話したでしょう。キュロスとは大学で知り合ったの」

「ああ、そうだったわね」カースティは無意識に赤毛を撫でつけた。「でも、思ってもみなかったわ、こんな……」

ハンサムだなんて？　それとも、この家のリビングルームにこうして立っているなんて？　まるで自分がここの主であるかのように腰に手を当て、地球にやってきた二人の異星人を見るように私たちを眺めながら。

「君はいつもそんな服で出かけるのかい？」キュロスはぶしつけに尋ねた。

カースティはくすりと笑った。「もちろん違うわ。今日のパーティのテーマが〝すばらしき退廃〟だからよ。アリスから聞いてないの？」

キュロスの黒い瞳がアリスを見すえた。その瞳の奥から相反するいくつかのメッセージが発せられた。「ああ、聞いてない」彼女はわざと言わなかったんだろう。自分の趣味で夜の女のような格好をしていると僕に思わせて、おもしろがっていたんだ。そうだろう、アリス？」

「そうだったかもしれないわ」アリスはほほえみ、カースティに言った。「キュロスは結婚式の帰りにここを通りかかったんですって。ちょうど今帰るところよ」

「まあ！」カースティは唇をとがらせた。「残念だわ」

キュロスはもの憂げな笑みで、たちまちこの赤毛の女性を味方につけてしまった。「実に残念だよ。この国にはめったに来ないんでね」

カースティが誘いの言葉をかけるのはわかりきっていたが、アリスがそれを阻止するより早く彼女は口を開いていた。「よかったら、一緒にいらっしゃいません？」

「彼は無理よ。だって、今回はテーマの決まったパーティでしょう？」アリスはあわてて口をはさんだ。「キュロスはそういう服装をしてきていないもの！」

「あら、そうかしら。彼、私にはすばらしく退廃的に見えるけど」カースティは喉を鳴らすような声で言った。

「そうかい？」キュロスは唇をゆがめてほほえんだ。「おじゃまにならないなら、お供したいところだが。パーティの主催者に迷惑にならないかな？」

キュロスはわざとギリシア語のアクセントを交えて話している。アリスはかっとなった。それが女性にどんな効果を与えるか知り尽くしているのだ。私にも同じ効果があったからだろうか？　さらに、めったに見せないとびきりの笑顔でカースティをうっとりさせている。

いずれにしろ、カースティはキュロスがとんでもないことを言ったかのように首を横に振った。「迷惑ですって？　あなたが？」そして、彼に向かって共犯者めいた笑みを浮かべてみせた。「あなたがパーティのじゃまになるなんて考えられないわ、キュロス！　とても気楽なパーティなの。お客が多ければ多いほど楽しいわ。それに、独身男性は貴重な存在よ」

ましして、あなたのような男性は。カースティの目がそう言っているようで、アリスははらわたが煮えくり返りそうになり、思わず唇を噛んだ。カースティの言い方からすると、私たちが男に飢えているみたいじゃないの！　三十歳を間近に控えて、男ならだれでもいいからつかまえようと必死になっている女二人。よくも私まで一緒にしてくれたわね。

もう何年も前に、キュロスとの別れの痛手から立ち直ったとこの友人に話したことは事実だった。だが、いつか彼と再会するときのために心の準備をしていたにすぎない。カースティはおそらく、私が彼とはどこへも行きたくないと考えているとは思ってもいないだろう。

ただ、幸いにもパーティは近所で開かれる。通りを数本隔てただけのところだ。始まったら、だれにも気づかれないように抜け出そう。人波にまぎれて、そっと出ていけばいい。間違いなくキュロスはたちまち女性たちに囲まれて、私が抜け出したことには気づかないはずだ。

「ええ、一緒にパーティに行くのは大歓迎よ」アリスは冷ややかに言ったが、高鳴る胸の内ではまったく違うことを考えていた。

キュロスはわざとこちらに背を向けたアリスのうしろ姿を眺めながら、好奇心に混じって欲望がわきあがるのを感じた。彼女のこわばった背中と対照的に、ヒップの曲線はたまらなく色っぽい。彼女は本当に僕になにも感じていないのか？　今夜、彼女とベッドをともにするには、持てる魅力を精いっぱい駆使しなければならないだろうか？

だが、そうやって彼女を征服することを考えると、心が躍る。挑戦することにこれほど興奮を覚えるのは久しぶりだ。

2

パーティは大きな古い屋敷で開かれていた。広い庭は川のほとりまで続いている。その贅沢(ぜいたく)なたたずまいを見れば、金に糸目をつけていないのは明らかだった。

三人が着いたとき、すでにパーティは最高潮に達していた。肌を露出させた服装のウェイトレスがエキゾチックなカクテルをのせたトレイを手に動きまわっている。木々の枝には豆電球が飾られ、特別に作られた歩道の両側には松明(たいまつ)が赤々と燃えて、大きなテントから大音量の音楽が響いている。

「この音にご近所から苦情がこないのが驚きだわ」アリスは言った。三人はテントの端にある黒と白の市松模様のダンスフロアに立って、客が踊るのを眺めていた。上手な人から下手な人まで、技術的なレベルはさまざまだ。

「ご近所さんも全員招待されているからよ！」カースティはくすりと笑った。「あら、ジャイルズだわ。ちょっといいかしら、挨拶(あいさつ)してくるわね！」

アリスが声をあげる間もなく、銀色のジャンプスーツに包まれたカースティのうしろ姿は人波にのまれていった。キュロスに媚びる親友の態度には閉口していたものの、なによりも避けたいのは彼と二人きりになることだった。

それでも、ここでは二人きりではない。まだ次から次へと客が到着し、間違いなく百人以上は集まりそうだ。そんなおおぜいの人たちの前で、私が恐れるような事態など起こるはずがない。

「たいしたパーティだね」キュロスがあたりを見まわしてつぶやいた。

「そうね」アリスはかつての同級生を見つけて手を振った。「主催者のご夫婦は二人とも銀行に勤めていて、最近この家を買ったの。これは新居のお披露目パーティなのよ。さあ、二人をさがしに行きましょう」

キュロスの黒い瞳の奥にいらだたしげな表情がちらりとよぎった。「僕はだれもさがしたくないが」

「それはちょっと失礼だと思わない?」

「いや、思わないね」キュロスは唇をゆがめて薄笑いを浮かべた。彼がそういう表情を見せるときには、反論してもむだなことはわかっている。「まわりを見てごらん。自分の目で確かめるんだ。みんな、夜中には頭が痛くなりそうなほど飲んだり、はやばやとダンスを始めたりしている。言い換えれば、アリス、自分のことに夢中なんだ。だれも僕のことは知らない。なのに、挨拶が必要かい?」

アリスは通りかかったウェイターのトレイからどぎつい紫色のカクテルを取って、一口飲んだ。「しらばっくれるのはやめて、キュロス。あなたはそのとおりふだん着姿だというのに、ほかのだれもかなわない。あなたが入ってきたとたん、庭にいた女性は全員気づいたし、男性はみんな、あなたがなにをしでかすかと目の端で見ていたわ。そう、あなたがどこを襲うのか」

「襲う？」

「略奪者のようにね」アリスは言ってしまってから、軽薄な言い方だったと気づいた。

「それじゃ、彼らを安心させてやろう」キュロスはアリスの肘に手を添え、穏やかに言った。「僕はここにいる女性たちに興味はない。僕の嗅覚を刺激する香水をつけた一人を除いてね。これは薔薇の香りかい？」

「ジャスミンよ」カクテルで血行がよくなったのを感じながら、アリスは反射的に答えた。

「ジャスミンか。甘くてうっとりする香りだ」アリスのように。キュロスはぼんやりと親指でアリスのサテンのような肌を撫ではじめた。やがて、彼女の肌が粟立つのを指先に感じた。「僕が欲しいのは、だれにもじゃまされない二人きりの時間だ。ほんのつかの間でいいんだ。かつての恋人どうしが旧交を温めるために。別れていた年月の間に二人がどう変わったか、知りたいじゃないか」

「私はそんなこと考えてない――」

「だったら、考えなくていい」キュロスはゆっくりと言った。「君は好奇心に駆られているはずだ。僕も好奇心でいっぱいだよ」彼の親指はいつのまにかアリスの手首をなぞっている。そこはかすかに脈打ち、うっすらと青い静脈が浮き出ていた。「知りたくてたまらない」

キュロスはわざとセックスをほのめかすような言い方をしているのだろうか？　きっとそうだ。アリスは体に触れるのをやめるように言いたかった。そうやって急に声を低くするのも。彼の声は肌の上を流れるなめらかなチョコレートのようだ。だが、言葉が出てこなかった。自分の中に満たしてほしい空洞があるのに気づいただけだった。

でも、ある意味ではキュロスの言うとおりかもしれない。私は自分の夢想と現実との大きなギャップを埋める必要がある。彼はこれまでたくさんの女性に失恋の痛手を負わせてきたはずだ。私のような女性たちに。そういう話を聞くのは、私にとって悪いことではないだろう。彼と分かち合ったのが二人だけの特別なものではないと知るのは、つらいことかもしれない。けれど、私の思いこみとは違う二人の関係の実体を知れば、理想化していた彼の化けの皮をはがせるかもしれない。

「わかったわ。いいわよ」アリスは軽い口調でそう答えると、すばやくキュロスの手から逃れてテントの外へ出ていった。

庭はどこまでも続いていた。せせらぎが聞こえる川のほとりで二人は足をとめた。ここまで来ると、客の姿もなく、音楽も聞こえてこない。だが、花の香りが漂う夏の空気は蒸し暑いのに、アリスの体は震えていた。

キュロスは木の幹をぐるりと取り囲んでいるベンチを手で示した。「ここに座ろう」

ベンチは硬いが、妙に座り心地がよかった。アリスはキュロスの腿があまりに近くにあるのに気づいてどぎまぎし、ストッキングから出ている素肌が見えないように、ひそかにサテンのドレスの裾(すそ)を引っぱった。

「おいおい、気にすることはないじゃないか」キュロスはもの憂げに言った。「僕としては君の脚が見えるのは大歓迎だ」

「私は見せたくないの」アリスがそう言うと、キュロスはいきなり彼女の手からカクテルのグラスを取りあげ、芝生に置いた。

「君にはこれは必要ない」

「だれがそんなことを言っているの？」

キュロスの唇の端が上がり、いたずらっぽい笑みが浮かんだ。「僕だよ」

彼の横暴な態度にひそかに胸をわくわくさせている自分に気づき、アリスは愕然(がくぜん)とした。彼がとことん男っぽくて支配的なのはギリシア人だからだろうか？　それとも、キュロスという人間の資質なのだろうか？

「相変わらず高飛車なのね」アリスは言った。

「しかし、女性は男に主導権をとられることを好むものだ」たそがれどきの薄闇の中で、キュロスの瞳が光った。「君はいつもそうだった」彼はゆっくりと言った。

とくにベッドでは。口に出さない言葉が夕闇をついて聞こえてくるようで、アリスはキュロスによって欲望に目覚めさせられたころに引き戻された。

二人が出会ったとき、アリスはバージンだった。そして、キュロスはそれを喜んだ。女性の純潔は、男性に与えられるこの上なく貴重な贈り物だ。キュロスは経験豊かな巧みな手つきでアリスの震える体から下着をはぎ取りながら、そう言った。

アリスがくらくらするほどの激しさで、キュロスは自分の知っているすべてを教えた。その分野に関する彼の知識は百科事典並みだった。ベッドでのテクニックに関してはエキスパートと言ってよかった。

「これは一つの芸術だからね」キュロスがアリスを膝の上にのせながらそうつぶやいたのを、今思い出した。そのときアリスは、彼がそれまでつき合ってきた何人もの女性たちに激しく嫉妬した。彼の技巧を磨いた女性たちに。

アリスはまたドレスの裾を引っぱった。

「今さら上品ぶっても遅いと思うが」キュロスがささやいた。

「あなたが原始人のようなことを言わなくなるなら、上品ぶるのにも効果があるというものよ」アリスがそう言うと、キュロスは笑った。「それじゃ、あなたが聞きたがっているその後の話をしましょう。最近、あなたはどうしているの？　どこに住んでいるの？」

「カルフェラ島だよ。決まっているじゃないか」

　キュロスと双子の弟が育ったその美しい島を、アリスは写真でしか見たことがなかった。世間知らずだった彼女の目には、そこは遠いパラダイスのように映った。サファイア色の海と輝く白い砂。キュロスはいつもいずれはそこに帰ると言っていたが、ロンドンで暮らしていたアリスには、小さな島が閉所恐怖症を起こさせそうに思えた。彼はそこでのつらい思い出から解放されたかったのかもしれない。一度、母親の話をしてくれたことがあった。少しだが酔っている彼を見たのは、あとにも先にもそのときだけだ。彼と双子の弟がまだ四歳になるかならないころ、母親は家を出ていったのだという。

　あるとき、おずおずとその話題に触れたことがある。キュロスは声を荒らげ、二度とその話はするなと言った。

　今、アリスはキュロスを見つめていた。鑿で彫ったようなくっきりした頬骨の下に影が落ちている。「小さな島での生活で息がつまりそうになっているんじゃないかと思っていたわ。学生時代、あなたは自由を謳歌していたから」

「僕は島で生きることを選んだんだ。島に住んでいるからといって、世間から隔絶されているわけじゃない」キュロスは皮肉っぽく言った。「都合がつけば、ギリシア本土とヨーロッパのほかの国の間を行ったり来たりしているし」

「どれくらいの頻度で？」

「時と場合によるな。事業を手がけているからあちこち行くが、カルフェラがいちばん居心地のいい場所なんだよ。生活はとてもシンプルで、地球上のどこよりも平和だ。そんなところはほかにどこにもない」

キュロスは穏やかに話しながらも、これ以上首を突っこむなと言わんばかりの表情で目を細めた。あいにく、アリスはもっと知りたそうな顔をしている。だが、島で暮らす理由についてしつこくきかれるために、こんな人目につかない場所に彼女を連れてきたわけではない！

「ギリシアの小さな島での素朴な暮らしについてはこれで十分だろう」キュロスは木の幹に寄りかかり、アリスの胸のふくらみを見ながらつぶやいた。「君の話が聞きたいな」

そういうキュロスは、自分についてほとんど話していない。どこに住んでいるか以外は。彼は家業を成功させたのだろうか？　ある時期、その会社は経営が行きづまっていたと聞いたような気がする。アリスはそんなことを思い出しながら、彼のTシャツとジーンズにちらりと目をやった。どう見ても、裕福な男性の服装ではない。まだ苦境を脱していないのだろうか？　だから、そのことを話したがらないのか？

「私はなんとかやっているわ」アリスは静かに言った。自慢めいた話はしたくなかった。ましてや、華々しく出世したわけでもないのだから。けれど、自分の業績についてことさら卑下するのもいやだった。恋愛はうまくいかなくとも、仕事に関しては誇っていいはずだ。「自活できるくらいには。自分のフラットも持つことができたし」

そこへは車でどのくらいかかるのだろう？　キュロスはぼんやりと思った。はたして今日じゅうにベッドにたどり着けるのだろうか？「どんな仕事をしているんだい？」

「マーケティングよ」キュロスの口元が皮肉っぽくゆがんだように思え、アリスは愚かにもあわてて言いつくろった。「退屈そうに聞こえるかもしれないけど、まったくそんなことはないの。とくに私が勤めている会社ではね。健康管理関連の製品を販売する会社で、おもに健康器具を扱っているわ。今は大規模に事業展開しているの。私が入社したころには売り上げが下降線をたどっていたんだけど、ちょうどその時期、私たちがマーケティング戦略を見直したのと、社員の意識に変化が起きたのが一致して……」キュロスの黒い瞳がきらりと光ったのに気づき、彼女は肩をすくめた。

「アリス……仕事の話となると、ずいぶん熱心だな。キャリアウーマンにでもなったのかい？」キュロスはからかうように言った。

「なんだか、キャリアウーマンがいけないみたいな言い方ね」

「そうかい？　それは言いすぎだよ。だが、女性のキャリア志向が珍しいのは、だれも否定しないだろうな。女性が仕事に身も心も捧げたら、ほかのことに向けるエネルギーがなくなってしまうからね」キュロスは指輪がはまっていないアリスの手をちらりと見た。

「とくに家族に向けるエネルギーが」

別に私への当てこすりというわけではないわ。アリスは自分にそう言い聞かせたが、後悔の念がちくりと胸を刺し、唇を噛んだ。結婚せず、子供もいないことが敗北を意味するわけではない。

「あら、家族のために使う時間ならまだたっぷりあるわ」アリスは言い返しながら、さらに言い訳がましいことを口にしているのに気づいた。

「女性はすべてを手に入れられると思っているのかい？」

「男性はみんな、できないと思いたいのよ。でも、女性は挑戦すべきだわ」

「君はストッキングとガーターベルトをつけた筋金入りのフェミニストになってしまったようだ」キュロスは突然強い欲望を感じて、わざと冷ややかに言った。

キュロスの視線が体の下へと移ってくるにつれ、アリスは肌がほてるのを感じた。「あなたって、前からそこまでひどい時代遅れだったかしら。カルフェラに帰ったときに、時計の針を一世紀、過去に戻したんじゃない？」

キュロスは長い脚を前に伸ばし、アリスが居心地悪そうに体を少しずらすのを見ていた。本当は、居心地が悪いのは彼のほうだった。欲望が容赦なくつのってくるにつれて、分厚いデニムのジーンズがきつくなってきたのだ。彼女は気づくだろうか？　彼女の手をつかんでそこに置いたら、どうするだろう？　ファスナーを下ろして愛撫するだろうか？　昔、何度となくそうしたように。

「僕が恋しかったかい、いとしい人(アガペー・ムウ)?」キュロスはそうささやきながら、今や痛いほどうずいている体の部分を心の中でののしった。

アガペー・ムウ——愛する人へのその特別な呼び方を聞いたのは久しぶりで、アリスは不意をつかれた気がした。それは彼女が初めて覚えたギリシア語だった。だが、もっと重大なのは、その呼び方を聞いて、これまで危険すぎると封印してきた思い出の時や場所に引き戻されてしまいそうになることだ。

キュロスを忘れることは、彼が去ったあと、自力で学んだ。もちろん容易ではなかったが、歳月に助けられて少しずつ身につけていった。けれど、こうして彼を前にすると、忘れたはずの過去がたちまちよみがえってくる。次々と浮かぶ思い出に対して、アリスはまったく無防備だった。

キュロスとは大学に入って最初の月に知り合った。新入生歓迎パーティの席のことだ。十八歳のアリスは、なんでも学んでやろうという意欲にあふれていた。キュロスは最終学年に在籍する、輝くばかりにハンサムなギリシアの若者だった。だれもが彼を知っていた。アリスが育った小さな町では、彼のようなエキゾチックな風貌(ふうぼう)を持つ男性は見たこともなかった。

浅黒い肌と黒い髪、それにがっしりとした体という組み合わせは、まさに理想的だった。

そのうえ、傲慢で、ためらわずに男尊主義的な態度を示した。イギリスの男性なら女性の気持ちを理解しようとするものだ。しかし、キュロスはそれとは正反対だった。そんな彼に女性たちは蝿のように群がった。

　その中にはあまりにも露骨な態度をとる女性もいて、アリスは唖然としたものだった。キュロスは少なくともそのうちの三人とベッドをともにしたという噂があった。だが、アリス自身はいつも彼に対してそっけなくふるまった。それで気を引こうという作戦でもなんでもなく、男女の駆け引きができるような経験がまったくなかったのだ。いや、それよりも、彼を見て、自分の相手ではないと思ったにすぎない。住む世界も、なにもかも違うと。

　あと何年かしたら、キュロスのような男性は生まれながらのプレイボーイで、次々に新しい獲物を追いかけることがわかっただろう。キュロスが惹かれたのは、アリスのそういう新鮮さや無邪気さや、彼への関心の薄さだった。アリスが無意識に彼のずば抜けた資質に反応したのと同じように、気がついたら彼女に引きつけられていたのだ。

　一つには肉体的な魅力もあるが、アリスがキュロスに恋をしたのは、彼が学内でも有名な男性だったからで、彼自身を愛していたわけではなかったのかもしれない。一時期は彼もアリスを愛してくれていた。少なくとも愛していると言っていた。だが、愛しているからといって、アリスのもとを去っていくことを思いとどまりはしなかった。別れの瞬間、キュロスは名残惜しそうに肩をすくめたが、それで彼にさよならを告げられたつらさがやわらぎはしなかった。

〝僕が家業を継ぐために国へ戻ることは、君もわかっていたはずだ。ゆくゆくはギリシアの女性と結婚することも。最低五人の子供を、それもなるべくなら息子を産んでくれる女性と！　そして、いずれは子供たちが家業を受け継ぐ。それでなにもかも安泰というわけさ〟

アリスはまったくわかっていなかった。いや、わかろうとしなかった。キュロスとの関係を続けたかった。アリスは泣いたが、行かないでと彼にすがったりはしなかった。

キュロスの決意が固いのがわかると、アリスは自分の将来に目を向けようとした。胸がつぶれそうだったが、それでもかすかに希望の光が見えた。近いうちにキャリアウーマンとしてスタートを切るために学位もとれる。キュロスはいなくなるけれど、これから楽しいことやわくわくすることがどっさりあるはずだ。旅行にだって行ける。アリスはそう自分に言い聞かせた。

夢見ていたような人生が実現しなかったのは、だれのせいでもない。もちろんキュロスのせいでもない。

アリスは思い出を頭から払いのけ、月明かりに輝くキュロスの黒い瞳を見つめた。パーティで演奏されている音楽が遠くに聞こえる。彼女はごくりと唾（つば）をのんだ。キュロスの質問はなんだっただろう？　過去へのほろ苦い思いを呼び覚ますようなことを尋ねたのではなかっただろうか？　そう、彼が恋しかったかときいたのだ。ぬけぬけと。男はどうしてそんなに無神経になれるのだろう？　別れたばかりのころは、手足をもぎ取られたような痛みに苦しみ、彼のことが恋しくてたまらなかった！

　だが、彼がいない寂しさ以上につらかったのは、この先キュロス・パヴリディスのような男性と出会うこともなければ、彼に抱いたような気持ちを味わうこともないとわかったことだ。事実、そのとおりだった。

　もちろん、彼にそれを言うつもりはない。ただでさえ自惚れの強い彼をいい気にさせることになるからだ。もっとも、彼を恋しく思ったことは否定できない。だいいち、つらくなかったなどと嘘をつくことは不可能だ。嘘をついても、すぐにばれてしまうだろう。

　それでも、言葉を選んで答えるくらいはできる。私はもう、初恋のほろ苦さに身も心も揺れていた多感な娘ではないのだから。

「少しは寂しく思うのは当然だわ」アリスは言った。「私たちは一年近くつき合っていたんですもの。一日じゅう一緒にいた相手がいきなりいなくなったら、もの足りなく思うわよ」まだカクテルの酔いが残っているおかげで、なんとかほほえむことができた。「ふつうの別れと違うのは、なにもかもが突然だったことかしら。あなたからは手紙もこなければ、電話もかかってこなかった。あなたは忽然と姿を消してしまったのよ。あれから二度と会うこともなければ、連絡をとり合うこともなかった」だからこそ、二人で過ごした日々が楽しい夢だったように思えることがある。

キュロスはぎこちなく唇をゆがめた。「そのほうがいいと思ったんだ。あのまま友達でいたら……」どうだったというのだろう？　舞い戻ってきて、またアリスをベッドに誘いたくなったかもしれないというのか？　そう、だからこそ、彼女とはきっぱりと別れた。そうしなければならなかったのだ。長い脚とエメラルド色の瞳を持つブロンドの恋人をきれいさっぱり忘れる必要があった。

しかし、アリスを忘れたことはない。今、キュロスはその事実に気づいた。彼女を頭から完全に追い出したことはない。彼女への熱い欲望を心の奥にうずめていただけだ。まるで、何年間も土の中でじっとしている種のように。どんなに深くうずめていたか、ようやくわかった。今夜いきなり光と空気と水を得て、グラスについだばかりのシャンパンのように、欲望がふつふつとわきあがってくるのを感じる。月の光を浴びて女神のように座っているアリスを目の前にしているからだ。結いあげた髪が銀色に輝いている。

「アリス、僕たちは友達でいられるはずがなかったんだ」キュロスはざらつく声で言った。

「恋人どうしだった者は友達にはなれない」

「そうね」アリスは無理やり笑顔を作った。「あなたの言うとおりだと思うわ」

月明かりの中でアリスのグリーンの瞳の表情は読み取れなかった。キュロスは期待していた……なにを？　そう、自分によって体の喜びを知った彼女は、ほかの女性たちと同じような反応を示してもいいではないかと。唇をすぼめて、あなたが欲しいという無言のメッセージを送ってもいいはずだ。しかし、アリスはそんなことはしなかった。

　今夜のアリスが男をたぶらかす美しい妖婦のように装っているのは事実だが、その装いにふさわしい思わせぶりなことはいっさい口にしていない。けれど、僕にとってはそれも彼女の魅力だったのではないか？　クールなブロンド美人がその内側に激しい情熱の炎を秘めていることが。

　それで、これからどうするつもりなのだ？

　いつもどおりのことをしよう。欲しいものを奪い、そして去っていくのだ。

　キュロスは手を伸ばして、アリスの喉元にてのひらを当てた。模造石のネックレスのすぐ下に。きめの細かな肌の下で脈がどくどくと打っている。反射的に彼女の唇が開いた。闇が濃くなっていく中で、彼女の瞳が深い色に染まった。

「キュロス……」

　キュロスはアリスを腕の中に抱き寄せると、緊張した面持ちでじっと見つめた。黒い瞳が欲望にぎらつき、焦点の定まらない視線が彼女の顔の上をさまよう。その瞬間、アリスは彼がキスをしようとしているのに気づいた。彼を拒むよりも、宙に浮いているような気分を味わうほうが簡単かもしれない。彼はそれを知っていて、私も知っている。

「ひどい人！」アリスはささやいた。

キュロスは静かに笑いながら、サテンに包まれた胸をさりげなく指でなぞった。それに反応して先端が硬くなる。「でも、君はこういうのが好きじゃないか。強引でたくましいギリシア男が好きなんだろう？　こうすると君の体に火がつく。いつもそうだった」

「キュロス……」アリスは抵抗しかけたが、キュロスの唇が重なると、そんな気力は失せた。彼女はキュロスに命を預けたかのようにキスを返した。

そして、小刻みに震える手でキュロスのがっしりとした肩をつかみ、Ｔシャツを引っぱりあげた。なめらかな肌に触れたかった。アリスは息を吸いこんで、うめくように彼の名を呼んだ。

キュロスは怒っているかのように荒々しくアリスをベンチから抱きあげると、柔らかな芝生に横たえた。次の瞬間、彼の体がアリスの上におおいかぶさってきた。ひどく乱暴に。でも、そんなことはかまわない。アリスは力なくそう思った。少なくともここには正直な彼がいる。やさしさなんていらない。愛を装う偽りの行為など望んでいない。これこそ、飢えた体が求めているものだ。キュロスはほかのどんな男性よりも情熱的なキスをしてくれる。

アリスはキュロスにきつく腕を巻きつけ、十年前、最後に唇を重ねたときから磨きをかけてきたような奔放な動きで彼のキスに応えた。

「アリス！」アリスが身をよじると、キュロスはうめき声をあげた。彼女の感触は驚くほど早く身になじんだが、長く離れ離れになっていたことがスパイスとなり、いっそう刺激的だった。彼はアリスの喉元に唇を這(は)わせながら、腿で彼女の腿をそっとつついた。アリスがすぐに脚を開き、キュロスは信じがたい思いで呆然(ぼうぜん)とした。彼女の欲望は単純かつ率直だ。駆け引きなどない。かつてもそうだった。アリスの飢えはいつも僕より激しかった。時の流れは彼女を変えはしなかったのか？

キュロスはアリスのドレスをなぞった。心臓が早鐘を打っている。なめらかなシルクのドレスの上から腿を撫でているうちに、裾がめくれてショーツに手が触れた。彼はその中にそっと指をすべりこませた。

アリスが息をのみ、ぱっと目を開けた。薄闇の中でも、彼女の瞳が欲望に燃えているのがわかった。喜びに体が震えそうになるのを無理に抑えているのが伝わってくる。

「キュロス！　こ、こんなこと、いけないわ……」

キュロスの手がとまった。アリスは僕を拒んでいるのだろうか？

「いけないわ……こんなところで」

キュロスはアリスの熱い体に手を這わせながら、ほほえんだ。「だめかい？」

アリスはうめき声をもらした。飢えた体がキュロスを求めている。だが、わずかに残った理性を振りしぼってうなずいた。もしもだれかにこの姿を見られたら、どうなるだろう？　こんなにやすやすと彼の誘いにのってしまうなんて、少しは世間体を考えなかったのだろうか？「ええ」アリスは声をしぼり出した。「庭の向こうの端に人がいるわ」

キュロスはぎこちなく唇をゆがめてほほえんだ。アリスは拒んでいるわけではなさそうだ。わざとじらしているのかもしれない。

彼は立ちあがると、アリスに片手を差し出した。「さあ、立って」ざらついた声で命じる。「君の家に戻ろう」

アリスは乱れた呼吸を整えた。「でも……みんなはどう思うかしら」

「人がどう思おうとかまわない」

いかにも傲慢なその一言で、アリスの頭の中で鳴っていた警鐘がやんだ。再び傷つく危険を冒そうとしているというのに。

「私は気にするわ」

「人目が気になるくらいでは僕はやめないよ」キュロスは両手でアリスの腰をつかみ、ぐいと引き寄せた。「君はやめられるのかい？」

ええ、と言うのよ。こんなことはいけない、と。あまりに性急すぎる。もしも彼が私に敬意を持っているとしたら、この軽率な行動でだいなしになってしまう。やめて、と言わなくては。

「やめられないわ」アリスは小刻みに震えながら答えた。

キュロスはアリスの手をつかむと、庭の隅の方へ歩きだした。彼女の耳に、人のざわめきや音楽や笑い声、それに食器が触れ合う音が聞こえた。どれもすべて日常的な物音だ。アリスは急に胸が痛くなった。それなのに、私はかつて深い傷を負わされた男性と、夜の闇の中で泥棒のようにこそこそと人目を忍んでいる。

私は頭がおかしいのだろうか？　アリスは自問した。きっとそうだ。

二人はだれにも気づかれずに通用門からそっと抜け出した。キュロスはしょっちゅうこういうことをしているのかもしれない。自信たっぷりに私をここまで導いたのだから。私が生まれ育った町なのに、私のほうがよそ者みたいだ。

二人は無言のまま、息をひそめて歩いた。やがてアリスの実家に着くと、キュロスは彼女の顎に手を添えて仰向かせた。「今夜、君の友達はここに泊まるのかい？」

アリスは首を横に振った。

「よし」

キュロスはなんて冷静なのだろうと、アリスは思った。あらゆる要素を考慮に入れたうえで、巧みに質問を繰り出す。まるでやり手の弁護士のようだ。だが、なにがキュロスの最優先事項か、彼女には想像がついた。それに関しては、彼は待たされるのも、じゃまされるのもいやなのだ。キュロスの体は、いっぱいに引きしぼった弓のように張りつめている。二人の間の緊張が今にもはじけそうに高まっているのは明らかだった。

キュロスはアリスの頬を指先でなぞった。触れることによって根強い不安を解消できるかのように。実際、そうできたのだろうか？　アリスにしてみれば、そんなことはどうでもよかった。正直なところ、もう一度ベッドで彼に抱かれたい一心で、ほかのことは気にもとめなかった。

「キュ、キュロス」アリスは声を震わせて言うと、乾ききった唇を舌先で湿らせた。

「中に入ろう」キュロスがぶっきらぼうに言った。

3

家の中に入るなり、キュロスが主導権を握った。玄関ホールの暗がりに立っていたアリスの心臓が大きく打ちだし、グランドファーザー時計の時を刻む音をかき消す。彼は低くざらついた声でなにかギリシア語をつぶやくと、彼女を腕の中に抱き寄せた。そのとたん、もう引き返せないことがわかった。

キュロスのキスは強引で巧みだった。アリスはこの十年間、行き場を失っていた情熱をこめてキスを返した。さまざまな感情が押し寄せ、体がぐらりと傾く。だが、そんなことは気にしなかった。彼の唇のせっぱつまった動きに、これは間違っていないと感じられた。

二人の体はわずかな隙間もなく、ぴったりと重なり合った。キュロスの手が黒いサテンのドレスの裾から忍びこみ、レースのショーツをゆっくりと撫でる。アリスが小さく声をあげると、彼は急に身を離し、大きく見開かれた彼女の目をのぞきこんだ。

「ここから動かないなら、今すぐ君のドレスをはぎ取って、床に押し倒すよ」キュロスはかすれた声で言った。

あからさまな言い方に、アリスはぎょっとした。キュロスがささやいたのは、甘い雰囲気とは無縁の言葉だった。冷酷にも、セックスが目的だと宣言したのだ。しかし、その言葉とは裏腹に、彼の愛撫(あいぶ)はやさしかった。彼の手があらわな肌に触れると、アリスは欲望に駆られて体を震わせた。

「それが君の望みかい、アリス？　ここで体を重ねるのが？」

ここが自分のフラットだったら、そうだと答えていただろう。でも、ここは両親の家だ。それに、もしも近所のだれかが突然訪ねてきたら、どうなるだろう？　ありえないことだが、考えただけでぞっとする。「だ、だめよ」アリスは息をついた。「ここではだめ」

「だったら、どこへ行く？」キュロスはアリスの唇にキスをした。

「二階へ……」

「案内してくれ」

アリスはキュロスの先に立って階段をのぼりながら、今ならこのばかげたふるまいをやめるのに遅くはないと気づいた。ゲストルームに改装されたかつての自分の部屋のドアを押したときにも、まだ間に合うのはわかっていた。だが、キュロスがドアを足で蹴(け)って閉め、再びアリスを抱き寄せて、息ができなくなるほど激しいキスをした瞬間、もう手遅れだと悟った。

アリスがキスに応(こた)えて唇を開くと、キュロスはうめくような声をもらした。彼の熱い欲望はもう爆発寸前だった。アリスは昔から、彼の体にあっさり火をつけることができた。そしてキュロスは、女性の体を知り尽くしていた。どうすれば、女性が喜びのあまり声をあげ、感きわまって泣きだすようにできるか。互いの快感を高める寝室での巧みな駆け引きなら、お手のものだった。

しかし、今夜はいつものテクニックは必要ないようだった。アリスのひんやりとしたなめらかな腿に手をすべらせていくと、熱くほてった部分に指先が触れた。すでに準備ができて、キュロスを待ちわびている。彼はすぐにアリスを望むところへ連れていきたくなった。

ギリシア語で悪態をついたキュロスは、サテンのドレスのファスナーを下ろして、その繊細な生地を床にほうり出した。「こんなものはいらない!」

「こ、この服は借り物で……私のじゃないのよ」アリスはキスの合間に息を切らして言った。

「買って返すのなら、請求書は僕のところに送ってくれ」キュロスはあとずさりしてアリスを眺めまわしながら、低い声で言った。あれから何人の男が彼女の下着姿を見たのだろう? 今アリスを独り占めしている満足感と嫉妬(しっと)が彼の胸の中でせめぎ合った。「なんてきれいなんだ」キュロスはうめいた。「アリス」

アリスの下着はドレスと同様、いかにも退廃的な雰囲気の黒だった。

「これも借りたとは言わせないよ」罪深いほど長い脚と完璧なヒップの曲線を強調するハイレグのショーツを、キュロスはてのひらでさっと撫でた。

「え、ええ、もちろん違うわ」

キュロスはストッキングに指をかけた。「君はいつもこういうストッキングをはいているのかい？」

私が彼のためだけにこれをはいたとでも思っているのかしら？「ときどきよ」

暗い嫉妬の波が押し寄せてきた。キュロスはアリスの身も心も奪ってしまいたいという衝動を無理やり抑えて、また一歩あとずさった。その衝動はいつもなんの前触れもなくわき起こる。あいにく衝動に流されるのはキュロス・パヴリディスの流儀ではない！　唇を震わせているアリスを前にしながら、彼は心を鬼にしてその下着姿を目で楽しむだけにとどめた。

それから、結いあげたアリスの髪に視線を移してうなずいた。「髪を下ろすんだ」キュロスはなめらかな口調で命じた。

アリスは震える手で、まずイヤリングとネックレスをはずし、サイドテーブルに置いた。それから、片手を上げて小さな髪留めを一つとり、イヤリングとネックレスの横に置いた。一つとるたびに、少しずつ巻いてとめてあった髪がはらりと落ち、最後にアリスは頭を振った。黄金色に輝く髪がセクシーな下着をふわりとおおい、波打ちながらウエストの近くまで落ちた。

キュロスは喉の奥から声にならない声をもらした。アリスの姿は無垢であると同時にセクシーだった。「ああ」彼は大きく息を吸った。そして、いきなり身をかがめると、アリスを抱きあげた。

「キュロス！」

「なんだい？」

「下ろして！」

「ベッドへ運んでくれる男はいやなのかい？　まだその気になっていないのかな、アリス？」

もちろん、そんなことはなかった。ほかのだれからもこんなことをされた経験はない。しかし、アリスの頭の隅では疑問が渦巻いていた。この期に及んで、キュロスはまだすべてを支配しようとしているけれど、そんな必要があるのだろうか？

だが、キュロスはアリスをベッドに横たえると、これで自分のものになったとでもいうように見おろした。

「さてと」彼はTシャツを脱ぎ捨て、きらりと目を光らせた。

アリスは息をのんだ。キュロスの上半身はわずかな贅肉もなく、硬く引き締まっていた。あれから少しは太ったかもしれないと思っていたが、完全な間違いだった。

キュロスはジーンズのボタンに手をかけた。そこで、くい入るように見つめるアリスの視線に気づき、からかうような表情を浮かべた。「僕たちはこんなことは望んでないのかな、アリス?」

彼は私をもてあそんでいるのだ。猫が鼠をいたぶるように。アリスは無理に肩をすくめてみせた。「どうかしら。わからないわ。以前はジーンズを脱ぐ前にやめたりしなかったから」

アリスの冗談めかした答えは、キュロスの中で燃えさかる欲望をさらにあおった。ほとんど我慢の限界まで。「君は……魔女だ!」彼はジーンズのファスナーを下ろしながらつぶやいた。

「私が?」

「ギリシア神話の魔女、キルケみたいに男を酔わせる」キュロスはうわずった声で言い、ジーンズと黒っぽいボクサーショーツを脱ぎ捨てると、再びベッドに近づいた。

「キュロス」アリスは思わず彼の名を口にした。

「僕が欲しいかい?」キュロスが尋ねた。

アリスは一つのことしか考えられなくなっていた。「ここに来て」彼女は震える声で言った。

キュロスはアリスを抱き寄せ、キスをした。初めてセックスを経験してから、こんなに激しく女性の中に身をうずめたいという衝動に駆られたことはない。「まずは、これをとってしまおうか?」彼はアリスのショーツを下ろした。

「まあ」

「それと、これだ」キュロスはブラジャーのホックをはずすと、薔薇の蕾のような胸の先に唇をつけた。アリスがあえぐような声をあげる。純然たる欲望が矢のように体を貫くのを感じながら、あまりに早く進みすぎていると彼は思った。「さてと……」

キュロスがおおいかぶさってきたとき、アリスは彼の体に変化が起こっているのを感じ取った。

「でも……私はまだ靴をはいたままよ」

「わかってる」キュロスはハイヒールをちらりと見て、唇をゆがめた。「そういう靴は、寝室で僕の腰に脚を巻きつけるときのために作られているんだ」

彼の瞳の中のなにかが、彼の声のなにかが、アリスの最後の抑制を解き放った。

「今すぐ私を満たしてくれるならね」アリスはささやくような声で言った。

キュロスはすんでのところで思い出し、ジーンズのうしろポケットに手を突っこんで避妊具を取り出した。

それが常識的な行動であるにもかかわらず、アリスは彼の用意周到ぶりにがっかりした。

「私をベッドに連れていけると確信していたの、キュロス?」

彼女はどういう答えを期待しているのだろう？　そんなことは考えてもいなかったとでも言ってほしいのだろうか？　キュロスは本音と駆け引きの間で迷いながら、そういうことをききたいのならもっと時を選んでほしいものだと思った。「二人の間にまた化学反応が起きることは確信していたよ」

「化学反応？」アリスはくすりと笑った。「それは実験の反応のようなもの？」

「深く考えないでくれ、アリス」キュロスはいらだたしげに言った。「いちいち分析しなくていい。僕たちはただお互いに楽しむはずじゃなかったのか？　この一夜を存分に」

アリスはそんな話をした覚えはなかった。

「君の気が変わったのなら、そう言ってほしい」

一夜。そういうことなのだ。これは、愛ではなく肉体的な欲望に基づくものにすぎない。しかし、キュロスの体のぬくもりを間近に感じている今、彼を追い払うことなど問題外だった。「いいえ、気が変わったりしてないわ」アリスはささやいた。

過去と現在が溶け合い、これが現実とは思えなかった。柔らかいバターにナイフを入れるように、キュロスはやすやすとアリスの中に身を沈め、低いうめき声をもらした。

そのあとはなにも考えられなくなった。ただ、えも言われぬ甘美な感覚にひたるだけだった。アリスとのセックスは、ほかのどんな女性が相手のときよりもすばらしかった。キスをしているうちに、彼女に変化が起きたのを感じた。キュロスを包みこむ体がこわばり、次の瞬間、さらに激しく求めるように張りつめた。まるで矢が放たれる寸前の弓だ。彼女は痙攣を繰り返し、そのたびに小さな叫び声をあげた。キュロスは彼女の肌に薔薇の花が開くのが見えたような気がした。

それと同時に、彼自身も思っていたより早くのぼりつめた。その瞬間はいつも天に昇るような感覚を味わうが、今回は石弓でいっきに星の輝く空に放たれたかのようだった。

やがてキュロスはアリスから身を離すと、くるりと背を向け、眠ろうとした。二人の体を少し離そうとしたが、できなかった。

「このベッドは狭すぎる」彼は文句を言った。

アリスはそんな言葉は聞きたくなかった。彼は私のように夢心地でここに横たわっているわけではないのだ。

本当にすばらしいひとときだった。キュロスと別れてから、あんな心地よさを感じたのは初めてだ。私はまだ彼を愛しているのかもしれない。たぶん、彼を愛するのをやめたことは一度もないのだろう。セックス自体はとるに足らないものだ。愛にはそれよりもはるかに大きな意味がある。確かに二人の体の相性はいい。彼とのセックスはいつも最高だった。でもそれだけのことだと自分に言い聞かせながら、アリスはすでに自分が無防備になりつつあるのを感じていた。こうして彼がそばにいると、弱い女になってしまう。

だからこそ、平静を装わなくては。キュロスのようにクールにふるまわなくては。腿と腿が重なるような窮屈なベッドに文句を言う彼を見習おう。セックスのあとのぼうっとした状態でうっかり彼に弱みを見せてはいけない。

「確かにこのベッドはちょっと狭いわね」アリスはあくびをしながら言った。「でも、これは一人用なの。向こうにもう一台あるわ。それでも窮屈だというなら、自分でホテルをさがしに行けば?」

キュロスは目を細めた。自分でホテルをさがせだって? アリスはどうかしたのだろうか? それとも、僕を挑発しているだけなのか? 本当なら、僕の体のあちこちにキスをしているはずなのに。そして、キスの合間に〝あなたは最高よ〟くらいのことは口にすべきではないだろうか? こんなふうに出ていけと言わんばかりに突き放すのではなく。

キュロスがぼんやりとアリスの胸に触れ、親指で円を描くようにその先をなぞっていると、やがてそこがつんと硬くなった。彼は唇を近づけ、舌でころがした。まるで、これまで彼女の胸を舌で愛撫したことなどないかのように新鮮な気持ちで。アリスの体がぴくっと反応するのがわかった。

「僕に出ていってほしいのかい?」

「そんなことは言ってないわ」

「そう聞こえたよ。君はどうしてほしいんだ? これかい?」キュロスはアリスのおなかを撫でながら、その下の敏感な部分にそっと指をすべらせた。アリスは小刻みに体を震わせ、頬をピンクに染めた。

「キュロス」キュロスが指を動かしはじめると、アリスは押し殺した声で彼の名を呼んだ。

アリスをクライマックスへ導く瞬間にも、キュロスはすばやく考えをめぐらせていた。こんな展開は予定していなかった。これほど簡単にアリスをベッドに誘えるとは。彼女に親密な関係の男がいたなら、礼儀正しく一杯飲むだけで終わっただろう。

彼女に夫や恋人はいない。だから、こうしてここにいるのだ。彼女は熟れた果物のように、僕が広げた腕の中に落ちてきた。もし二人の間の出来事を映画の脚本にしたら、申し分のない作品になるだろう。交換条件も見返りの要求も下心もない、アリスとの純粋な一夜限りの情事は。

それなら、なぜ僕はまだ服を着ようとしないのだろう？　しかも彼女は、ともに熱く燃えあがったあとの興奮と満ち足りた余韻にひたっているときに、ここを出ていく絶好の機会を作ってくれたのだ。このまま出ていけば、朝の白々とした光の中で気まずい別れの挨拶を交わさなくてすむ。

キュロスは、自分の指のリズムに合わせて腰を動かすアリスをじっと見つめた。そう、一度では足りないからだ。まだ十分ではない。

キュロスは急いで計画を立てた。やがてアリスが声をあげてクライマックスにのぼりつめた。彼はアリスの呼吸がしずまるまで冷静に待って、まだ震えている彼女の唇を指でなぞった。

そして、唐突に尋ねた。「君は仕事を休めるかい？」

予想もしなかったキュロスの質問に、アリスは現実の世界に引き戻された。「いつ？」

「来週はどうだろう？」

アリスは目を上げて、まじまじとキュロスの顔を見た。セックスの快楽でさえも、彼の厳しい表情をなごませることはないのだ。同じように、黒い瞳の謎めいた雰囲気をやわらげることもない。「でも、なぜなの、キュロス？」

キュロスは平然として言った。「僕の予定は融通がきくんでね。あと数日、イギリスに滞在できる。それで、ふと思ったんだ。もうしばらくこの状態を続けたいと」彼は略奪者のようなぎらついた笑みを浮かべた。「君はいやかい？」

もちろん、いやなはずがない。世界最高の女優でもそんなふりはできないだろう。でも、私のプライドはどうなるの？　主義や信条は？　もうすでに、明るい日の光の下ではとてもできないようなことをしでかしてしまったのだ。もし友人が同じことをして、それについて意見を求められたら、非難するに違いない。こんなふうに横たわっている私を、彼はどう見ているのだろう？　シルクのストッキングとハイヒールのほかには一糸まとわぬ姿でいる私を。

いや、キュロスが私をどう見ているかは明らかだ。それはもう変えられない。ただ、彼がなにをもくろんでいるのか、はっきりと知る必要がある。「あなたが言おうとしているのは、つかの間の情事を楽しもうってこと？」

キュロスはゆっくりとほほえんだ。〝情事〟という言葉には彼が考えているよりも長期的な意味合いが感じられたが、少なくともアリスはそれを〝関係〟と呼ぶような自己欺瞞の罠には陥らなかった。つまり、二人とも立場をわきまえているということだ。「そういうことだ。君がよければ、二人で数日どこかへ行ってもいい」

アリスは唇を噛んだ。キュロスをきっぱりと拒絶することができない。私はあなたの欲望を手軽に満たすために存在しているのではないと、彼に言うべきなのに。いや、そんなことを言ったら、だれよりも自分自身を傷つけるはめになるだろう。私はもう、彼を無邪気に崇拝していた以前の娘ではない。一週間一緒に過ごして傲慢さを見せつけられれば、彼とのつき合いがほんのつかの間で終わることを幸運だと思えるようになるはずだ。たとえセックスがどんなにすばらしくとも。

それで、あなたの気持ちはどうなの？　頭の片隅でそう問いかける小さな声が聞こえた。彼と別れたとき、あなたは胸が張り裂けそうなつらい思いをしたんじゃなかった？　またそんな思いをしないと言える？

アリスは心の声に耳をふさいだ。

「月曜日に上司に話してみるわ」彼女は言った。

4

アリスはばたんと閉めたスーツケースをじっと見つめながら、頭にまといついて離れない疑問を無視しようとした。キュロスとどこかへ行くことに同意したのは、正しい決断だっただろうか？

そして彼女は、心の奥底ではその答えを知っていた。たぶん間違っている。アリスが一週間の休暇をとってもかまわないかと尋ねたとき、上司は明らかにとまどっていた。〝有能なアリス〟は遊ばないものと思われていたのだ。

「もっと早めに届けを出すべきでしたが」アリスはふだん思いやりのある直属の上司に言った。

「確かにそうだな。ちょっと急すぎる。もう少し先に延ばしてもらえないだろうか、アリス？」

突然の休暇の申し出はアリスにはありえないことだった。それほど彼女はこの旅行に行きたかったのだ。ふつうなら、そんな急な話はまともに受け取れないとキュロスに言っていたところだろう。

しかし、アリスは頑として休暇の要求を引っこめなかった。これまで会社のために一生懸命働いてきた。少しはその見返りがあってもいいはずだ。私は血も肉もある生き物なのだから。ロボットではなく、生身の人間なのだ……。

アリスはごくりと唾をのんだ。そう、まぎれもなく、私は生身の人間だ。

再会した日の夜、キュロスはそのままアリスのベッドで過ごした。眠った時間は片手で数えられそうなくらい少なかった。翌朝、アリスはぼんやりしたままキスをしながら、彼に帰るよう促して、ロンドンで会おうと告げた。

「僕が車で送っていくよ」キュロスはもの憂げに言って、アリスの首筋にキスをした。手は彼女の腿に置かれ、少しずつ上へ動いていく。

アリスは身をよじらせてキュロスから離れた。昨夜は彼女も激しく応えたが、キュロスの尽きせぬエネルギーは圧倒されるほどだった。「私は車を持ってきているの。こんなふうにあなたと再会して、自分のフラットまで乗せていってもらうことになるなんて思ってもいなかったんですもの」アリスは言った。「ロンドンには自分で運転して帰るから、私のフラットに迎えに来て。仕事に支障がないなら」

「支障がないようにするよ」キュロスはなめらかな口調で応じた。

キュロスの到着を待ちながら、アリスは腕時計をちらりと見た。心臓がどきどきしている。約束の時間を過ぎていた。おそらく、彼は心変わりしたのだろう。それがいちばんいい解決策ではないだろうか？　私にとっても。

そのとき、玄関のベルが鳴った。アリスはすばやく部屋を点検した。それが昨夜ここに一人で帰ってきたかったもう一つの理由だった。どんなにあらさがしをされても、文句のつけようのないくらいに整えておきたかったのだ。

服装が一種の自己主張であるように、住まいにも住人の個性が反映される。これからキュロスが見るのは、単にロンドンのフラットではない。私の暮らしぶりであり、私が勝ち取った生活なのだ。どれだけ必死に働いて、高価なロンドンの不動産を手に入れたことか。アリスは周囲を見まわした。この小さなフラットは彼女の誇りだった。こぎれいに整えられた部屋、窓の向こうの目をみはるほど美しい景色。毎日、すばらしい朝日と夕日を見ることができる。アリスはテムズ川を行き交う船を眺め、川岸を歩く人々の笑いさざめく声を聞いた。

昨夜は部屋を掃除したり磨いたりして過ごし、今朝は急いでフラワーショップへ行って、茎の長い薔薇(ばら)を買ってきた。花を飾ると、小さな部屋もぱっと華やぐ。今週末ここに戻ってくるまで、きれいに咲いているはずだ。

もう一度ベルが鳴り、アリスは玄関へ出ていった。キュロスと再び顔を合わせたとたん、欲望と不安が交錯し、喉がからからになった。それは奇妙な感覚だった。あの激しいセックスから二十四時間もたっていないのに、まるで初めて彼に会ったかのようだった。

「おはよう」アリスは恥ずかしそうに言った。

鋭い視線がさっとアリスに向けられた。キュロスは彼女がまっすぐ胸に飛びこんでくるとばかり思っていた。ショーツをはかずにミニスカート姿で。まさか、無垢な少女に戻ったかのように頬を赤らめて立っているとは思ってもいなかった。しかも、身につけているのは、セクシーとは言えないかわいらしいシャツと淡い色の麻のスラックスだ。そういえば、彼女が昨夜はどうしてもここで一人で過ごすと言って聞かなかったのも予想外だった。どうやら彼女には、男が女性のどういうふるまいを好むのかがわかっていないらしい。

「支度はできたかい？」キュロスは冷ややかに尋ねた。

アリスは眉をひそめた。こんなやりとりは、すでに親密になった大人どうしのものではない。いったいどうなっているのだろう？「ちょっと中に入る？」

キュロスはいらだたしげにため息をついた。だめだ。ぜったいにだめだ。第一に、アリスをすぐにベッドへ連れていかないという自信がない。それに、またしても彼女の縄張りに足を踏み入れるのはごめんだ。彼女が子供時代を過ごした家での一夜はなんとなく落ち着かなかった。たぶん、過去の持つ強い力のせいだろう。

ただ、こういう場合には部屋を見るのが礼儀かもしれない。キュロスはちらりとほほえんで言った。「もちろんだよ」

キュロスはアリスのあとについてフラットの中に入った。そのとたん、先に立って歩きだした彼女のヒップに気をとられ、玄関ホールを占拠しているスーツケースにぶつかりそうになった。彼はすばやく周囲に視線をめぐらせた。このフラットの大きさだと、案内にはさほど時間はかからないはずだ。

「この絵は川沿いの風景を描いたものなの。去年買ったのよ」アリスはそう言いながら、雨の日のテムズ川を描いた見事な水彩画を指さした。

「パスポートは荷物に入れたかい？」キュロスは唐突に尋ねた。

アリスは絵から視線をはずし、振り返った。「パスポートを？　なぜ？」

「パリへ行こうかと思っているんだ」

パリへ？　愛とロマンスの都へ！　アリスの胸は高鳴った。しかしすぐに、愚かな期待などしてはいけないと自分に言い聞かせた。それでも、パリと聞けば……。

「パリへ？」興奮のあまりあえぐような声できき返してから、アリスはキュロスに気取られていないことを願った。

彼はぎこちない笑みを浮かべた。「ちょっとした仕事で行かなければならないんだ。仕事はすぐ終わる。だから、残りの時間を二人で楽しめるんじゃないかと思ってね」

アリスはがっかりした。ということは、仕事と仕事の間に私とのデートをはさんだだけなのだ！　それに、ちょうどバスルームを改装して散財したばかりで、経済的な余裕もない。「パリで一週間過ごすとなると、予算ぎりぎりだわ」彼女は正直に言った。

　キュロスは身をこわばらせた。アリスは僕を侮辱しようとしているのだろうか？「そんなつもりはなかった。君に旅行の費用を負担してくれとは言ってないよ、アリス」彼は冷ややかに言った。

「私はいつも自分の分は自分で払うの」

「それはぜったいに認めない」キュロスはぴしゃりと言った。

　その一言を聞いて、アリスは思い出した。キュロスは金銭に関してプライドが高く、双子の弟との口論も多くは金銭がらみだったらしい。「私にお金を払わせないなら、行かないわ」彼女は頑としてゆずらなかった。「ましてや、あなたにもそれほどのゆとりがないなら」

　キュロスはアリスの顔をまじまじと見て、これはなにかの冗談なのかと思った。しかし、彼女のハート形の顔に浮かぶ表情は真剣そのものに見えた。彼女は僕が財政難に陥っていると思っているのだろうか？　これほど的はずれでなければ、大笑いしたかもしれない。

「この出張は」彼は静かに言った。「だいぶ前から予定していたものなんだ。だから、費用はすべて僕が持つ。いいね、アリス？」

　二人の目が合った。

「私に選択権はあるの？」アリスはぎこちなく尋ねた。

「残念ながら、ない」キュロスの黒い瞳が光った。「それと、君はいちばん大事なことを忘れているんじゃないか？　まだ僕にキスしてないよ」

「あなただって、私にキスしてないわ」アリスは言い返したが、その挑むような言葉とは裏腹に、心の中には急に不安がこみあげてきた。今まで経験したことのない妙な気持ちだった。

「君がこっちに来るのかな？　それとも、また意地の張り合いになるんだろうか？」キュロスが言った。

アリスはキュロスが笑っているのに気づいた。彼の笑顔はなににもまして不安を取り除いてくれる。だが、彼の広げた腕の中に身をゆだねたとたん、アリスはふいに、そう簡単にはいかないことに気づいた。私は彼が欲しい。でも、どうふるまったらいいかわからない。こういうときの決まりもない。彼は結婚しているわけではないから、私は愛人ではないのに、どうしてもそんな気になってしまう。

キュロスはアリスの顎に手を添えると、唇をゆがめて冷ややかな笑みを浮かべた。「どうやら君は、最高の媚薬(びやく)は男をやきもきさせることだと学んだようだね？」

それから、アリスの唇に唇を重ねて、話を終わらせた。アリスは激しく求めるキュロスの唇のぬくもりを感じながら、そっと唇を開いた。そのとたん、体の奥から熱いものがわきあがった。「キュロス」彼の手がスラックスのファスナーにかかるのに気づき、うめくように名を呼んだ。

「うん？」

丹念にアイロンをかけた麻のスラックスは木の床に落ち、キュロスの手はアリスが今日初めてはいたシルクのショーツの上をさまよっていた。

アリスは彼から唇を離した。「早く出かけたいのかと思っていたけど」

「君が誘惑するまではね」キュロスはうわずった声で言った。

「誘惑した覚えはないわ」

「誘惑した覚えはない？　君は存在するだけで僕の気をそそることに気づいていないのか？　そう、ただそこにいるだけで」キュロスは布地の上からアリスの熱くなっている部分に指先を這わせた。

「キュロス！」アリスはあえいだ。

その声に刺激され、あっという間にキュロスの体に火がついた。彼はズボンのファスナーを下ろし、アリスを床に横たえた。床板が硬くて体が痛いことも気にとめなかった。それはアリスも同じだったようだ。彼女はキュロスにしがみつき、むさぼるようにキスをした。キュロスは薄いショーツを両手でつかみ、いっきに引き裂いた。

「キュロス！」アリスは再び声をあげた。

キュロスはなんとか身を離して避妊具をつけると、じらすように一息ついてから体を沈めた。そして、敏感に反応するアリスを見おろした。反射的に彼をきつく締めつけて頭をのけぞらせるさまを。その瞬間、頭の下にきらめくシルクの枕（まくら）を当てているかのように、ブロンドの髪が床に広がった。

「キュロス！」キュロスが動きはじめると、アリスはくぐもった声をもらした。こんな自堕落な気分になったのは初めてだ。一瞬、自分の体を離れて、上からこの光景を見おろしたらと想像してみた。麻のスラックスが足の横に落ちている。シャツは押しあげられ、かたわらには引き裂かれたショーツの切れ端が投げ捨てられている。上におおいかぶさっている浅黒い肌をしたギリシア人の体が見える。彼の激しい動きに深く満たされながらも、アリスの心はうつろだった。

だが、理性的な思考はたちまち欲望の中に溶けていった。熱く鋭い感覚が、やがて泣きたくなるような甘美な快感に変わる。アリスはキュロスにキスをしたかった。キュロスを奥深くに受け入れているこのめくるめく時間を引き延ばしたかった。だが、そのとき突然、歓喜の波が押し寄せた。その勢いに意識を失いそうになり、次の瞬間、彼の叫び声を耳にして、はっと我に返った。

波が引いたあとも、アリスはキュロスにぴったりと体をからませていた。キュロスは頭を起こして、そんなアリスを見つめた。紅潮した頬や重そうなまぶたを。そのまぶたがぴくぴくしたかと思うとぱっと開いて、エメラルド色の瞳が警戒するように彼を見あげた。

「どうだった？」

アリスは乾いた唇を舌先で湿らせた。「知っているくせに」

キュロスは彼女の声にためらいを感じ取った。「でも？」

アリスは言いよどんだ。あなたに天国に連れていかれては戻ってくることを繰り返すたびに、だんだん自分が骨抜きにされていくようだと言ったら、弱みを見せることになるのではないだろうか？　それではまるで純情な小娘だ。私は自らこういう状況を選択した、自立した女なのだ。

「あなた、私が着ていくつもりだった服をだいなしにしてしまったわ」アリスは言った。

キュロスは唇の端を上げてほほえもうとした。「あの服はあまり好きじゃなかった。君みたいな女らしいタイプの女性には男っぽすぎる」そして、アリスの頬にかかった髪をうしろに撫でつけた。「これからはスラックスははいてほしくないな」

アリスがふと見ると、キュロスの目には有無を言わせぬ光があった。「とんでもない、勝手なことを言わないで」

「いや、そのほうがいい。君みたいな脚の持ち主がスラックスをはくなんて、もったいないからね」キュロスはてのひらをアリスのひんやりとした腿に当てた。「そうだろう？」

アリスははっと息をのんで、体を震わせた。キュロスが言ったことは侮辱的だが、そのとおりかもしれない。彼女は心に決めた。彼の愛人役を演じるなら、あくまで冷静にやってのけようと。彼と一週間を過ごすうちに、あらゆる抑制から解放されるだろう。

キュロスの下で身をよじると、彼の瞳が欲望に染まるのが見て取れた。「だったら、もうスラックスははかないわ」アリスはわざと従順に、ささやくような声で言った。「これからはワンピースかスカートにする。そうしたら、あなたに喜んでもらえるんでしょう、キュロス?」

キュロスは再び体の芯(しん)が熱くなるのを感じ、ひそかに舌打ちをした。突然素直になったアリスに、またしてもむらむらと欲望がわきあがってきたのだ。

「君が離れてくれないと、このままここで夜を過ごすはめになってしまう」彼は言った。「あいにくそうするわけにはいかないんだ。だから、急いで僕が喜ぶ服を着てきてくれ。飛行機に遅れないように」

5

鎧戸の隙間から明るい光が差しこみ、乱れたベッドの上に縞模様を描いている。くしゃくしゃになったシーツにくるまって眠っている男性の姿を、アリスはじっくりと眺めた。まるでライオンのようだ。小麦色に日焼けした手足、濃い黄金色に輝く肌。両腕を頭の横に置き、規則正しく深い呼吸を繰り返している。アリスは彼を見ながら、いとも簡単に男性と一緒にいるのに慣れてしまったことを不思議に思った。休暇を一緒に過ごし、同じ練り歯磨きを使い、何度も愛を交わす。といっても、こんなに親しくなった男性は一人だけだ。過去も現在も。ただ、今回は前回とは違う。アリスにはもう、若いころの恥じらいや純真さはなかった。あれから年を重ね、こんな喜びはめったに得られないとわかっている。けれど、その快楽のさなかにも、不安が消えることはなかった。

アリスは常に自分の感情を抑え、慎重に言葉を選んで話した。キュロスにどんなに愛しているかを伝えたかったが、すんでのところでその言葉をのみこんだ。キュロスは愛を求めていないからだ。かつてもそうだった。彼はセックスが好きなのだ。パリの雰囲気に酔って、愛し愛されているような気分になっても、その事実を忘れてはいけない。

パリの街に二人で五日間も一緒にいたのが、今では信じられなかった。二人は、この街がロマンスと同義語になってから多くの恋人たちがしてきたとおりにふるまった。キャンドルのともるレストランで牡蠣(かき)を食べ、イルミネーションがまぶしいセーヌ川のほとりで、アニスの香りのリキュール、パティスを飲み、二人でどこまでも歩いた。古書店の立ち並ぶ界隈(かいわい)や美しい薄暗い教会の前を通り、古い石畳の道を踏み締めて。ときどき夢を見ているような心地がした。あるいは、自分がメロドラマの主人公になったような気分に陥った。

これは現実ではないと、アリスは絶えず自分に言い聞かせた。それと同時に、あっという間に過ぎていく時間については考えないようにした。この輝かしくも短い休暇のことを考えると、やはり心穏やかではいられなかった。やがて終わりがきて、再び二人の道は分かれてしまうのだ。それに耐えられるだろうか？　本当はずっと愛していた男性と一緒にいて、こんな喜びを味わっておきながら、すっぱりとあきらめられるだろうか？

もの思いを振り払うと、アリスはキュロスの顔に視線を移した。寝顔はふだんよりずっと穏やかな印象だ。完璧(かんぺき)な曲線を描く彼の唇に目をとめたとき、その唇が急に動いた。

「言ってごらん、午後からどこに行きたいのか」

アリスは言った。「眠っていると思っていたわ」

「そう思っているだろうと思っていたよ。君はそこに座って僕を見ていた。君に見られているのが心地よかったんだ。君を見ているのも好きだが」黒いまつげが震えてまぶたが開き、黒い瞳がきらりと光った。アリスは鎧戸の前に置かれた木のテーブルの上に座っていた。短いシルクのローブの紐をゆるく結び、つややかなブロンドの髪を肩の上に広げて、長い脚をぶらぶらと揺らしている。彼女は子馬のようでもあるし、人魚のようでもあると、キュロスはぼんやりと思った。「ここに鉛筆があったら、君をスケッチするのに」

「ただし、あなたがみみずの這ったような絵しか描けないのは二人とも知っているわ」アリスはそっけなく言った。

「いや、君が僕の絵を最後に見たときから、進歩しているかもしれないよ！」

　アリスは首をかしげた。「そうかしら」

　キュロスは笑った。「ありえないか」そして、目を閉じると、あくびをした。生涯で最高のセックスのあとの眠りから目覚めたところだったからだ。そして、アリスのエメラルド色の瞳を見たくないからでもあった。彼女の瞳は、目をそむけたい自分自身の心の奥底を見るように仕向ける。

　それだけではない。そこには二人の過去が映し出されているのだ。ある意味で、アリスはどんな女性よりも僕のことを知っている。ただ、肝心なことは知らない。コーヒーの好みや、絵の才能に欠けていることを覚えているからといって、その人の生き方を知っていることにはならない。二人は今でも正反対だ。二人の生い立ちや経験はまったく違う。たまたまこうしてフランスの首都の古めかしいホテルでつかの間一緒にいるだけだ。そして二日後には、僕はアリスのもとを去る。それを最後に二度と会うことはないだろう。

「午後はどうする?」キュロスは思いがけず重苦しい気分になり、それを振り払うようにせわしなく肩を動かしながら尋ねた。「どこか観光スポットへ行ってみるかい?」

「今夜ってこと? もうすぐ六時よ。午後と言うけれど、観光する時間はないわ、キュロス」

「だれのせいかな?」キュロスは腕時計に目をやり、眉をひそめて言った。

「だれのせい?」アリスはからかうように繰り返した。

「僕がなにを言いたいか、わかっているはずだ。さあ、こっちに来て、キスをしてくれ」

「でも、私たちがベッドで楽しんだのはつい二時間前のことよ。それでパリ国立美術館へ行けなくなったんだから……」

「僕はもう美術館にはあきあきしたよ」

「キュロスったら、まだほとんど見ていないじゃないの!」

黒い瞳がきらめいた。「ここへ来て、キスをしてくれ」キュロスは繰り返した。

アリスはこのひとときを楽しみながらベッドへ向かい、キュロスの腕に身をゆだねた。

二人が泊まっているホテルはそれほど大きくはなく、モダンでもなかった。だが、隅々まで清潔で、木製のベッドには糊(のり)のきいたシーツが敷かれ、近くの教会の鐘の音がときおり響いて、フランスらしい庶民的な雰囲気があった。木陰を作る並木道や芝生の広がるパリ植物庭園からほど近いカルチェ・ラタンに位置しているため、都会の喧騒(けんそう)をしばし忘れることができる。アリスにとってはオアシスのような場所だった。

アリスはキュロスとの日々が終わるのが悲しかった。それとともに、つかの間の幸せも終わってしまうのだ。だが、そんなふうに考えてはいけないと自分に言い聞かせた。それを承知のうえで、彼と一緒に休暇を過ごすことにしたのだから。なにも期待せずに。

アリスは軽くキュロスの唇にキスをした。「これでどう？」

「うーん。もう一度」

二人が長いキスを交わしていると、キュロスの携帯電話が鳴った。彼は舌打ちをしてアリスから身を離し、ベッドの向こうに手を伸ばして電話に出た。そして、フランス語で話しはじめた。

アリスも学校でフランス語を習ったことはあるが、キュロスはもともと流暢(りゅうちょう)なうえに、早口で話していたので、ところどころしか聞き取れなかった。

「だれからだったの？」彼が電話を切ると、アリスは尋ねた。

キュロスは顔をしかめた。「うちの会社のオリーブオイルを買っている男からだ。今夜はその男と夕食をとらなければならない」

「そう」アリスは落胆を見せまいとした。「なぜもっと前に言ってくれなかったの？」

いったいなぜだろう？　キュロスは考えこんだ。我ながら驚いたことに、すっかり忘れていたのだ。週末にはアリスに飽きるだろうから、ちょっとホテルから抜け出して知り合いと食事でもしようと思ったのか？　そうだとしたら、大間違いだった。

彼は、重ねた枕にもたれかかっているアリスに目をやった。黒っぽい色のシルクのローブから、透き通るように白い胸のふくらみがのぞいている。それを眺めながら、フランスの億万長者レオン・デュプレとのディナーの約束について考えた。ずっと前からの約束を破られたら、レオンはおもしろくないだろう。僕がどんなにそうしたくとも。

キュロスは眉をひそめ、腕の中にいる女性と会ったときのレオンの反応を想像した。ふいに、あることがひらめいた。なかなかいい思いつきだ。あの見るからに裕福な男に、アリスはどんな態度を示すだろう？　当然のことながら、レオンのほうは彼女に惹かれるはずだ。

今回、キュロスはわざとアリスをこのグレードの低いホテルに泊めたのだった。彼女が富に目がくらむ女性なのかどうかを知るために。だったら、この機会はそれを確かめるのにうってつけではないだろうか？

「君も一緒に来ないか？」キュロスはさりげなく尋ねた。

アリスは無理にほほえんだ。彼が義理で誘っているのはわかっている。だからといって、ふくれっ面をしてみてもなんにもならない。「私なんかがついていって、その方はいやがらないかしら?」

いやがらないかだって?　まさか。こんな見事な体とエメラルドのような瞳を前にして、喜ばない男など地球上にいるはずがない。キュロスは短く笑った。「いや、レオンは別にかまわないと思うよ」彼は皮肉っぽくつぶやいた。そして、アリスのローブの中に手をすべりこませ、彼女が反応するのを見てにっこりした。「いちばんすてきなドレスを着ていくといい」アリスのうなじに唇を押し当てながら、かすれた声でつけ加える。「たぶん、しゃれたレストランに行くだろうから」

〝しゃれた〟レストランというのは、かなり控えめな言い方だった。タクシーが高級店の立ち並ぶパリ八区のひっそりとした建物に横付けされたとたん、すばやくドアマンがやってきたのを見て、アリスはそう確信した。彼女の仕事は出張を伴うことがあり、パリにも来たことがある。一目見て、ただの金持ちでは入れない店だとわかった。

「どうかしたのかい?」キュロスがやさしく尋ねた。「そんなしかめっ面をして」

「ここで場所は合っているの?」

「ああ、間違いない。なぜそんなことをきくんだい?」

アリスはキュロスの方を向いた。「この店について聞いたことはある?」そう尋ねてから、自分で自分の質問に答えるように首を横に振った。「たぶんないと思うわ。ここはパリでいちばん高いレストランよ。どのガイドブックを見ても、そう書かれているもの！ロールパン一つが、ふつうの人の一食分くらいの値段なのよ！」彼女はキュロスのオリーブ畑の大きさを想像しながら、そこからどのくらいの量のオイルが作れるのかと考え、唇を噛んだ。「そのフランス人のお友達がごちそうしてくれればいいけど」

キュロスはぎこちない笑みを浮かべた。「もちろん、レオンがごちそうしてくれるだろう。彼はとてつもない金持ちだからね。だから、君はそんなことで頭を悩まさなくていいんだよ、アリス」

それでもアリスは不安そうな面持ちで、キュロスとともに案内係の颯爽とした女性のあとについて中へ入っていった。入口には、ゆったりとしたダークスーツに身を包みながらも、長年ボディビルで鍛えてきたのがありありとわかる屈強そうなガードマンが立っていた。

「でも、この服で大丈夫だと思う？」シャンデリアが輝く店内に足を踏み入れると、アリスは心配そうに尋ね、シルバーグレーのミニドレスのスカートに手をやった。

「もう何十回も言ったはずだよ。そのドレスは完璧だ。君も完璧だ。唯一の欠点は、君が服を着ていることさ！」キュロスはそこで声をひそめて続けた。「ここにいる男はみんな君を見て、僕が一時間前にしていたことをしたいと思うはずだ」

「キュロスったら！」二人の間のこれまでの歴史を考えれば、この程度のことを言われたからといって、どうしてうぶな女学生のように顔を赤らめたりするのだろう？　それは……。アリスはごくりと唾をのんだ。私はそんなつもりはない。彼を愛してなどいない。たとえ愛しているとしても、その愛は決して報われることはないのだ。あと数日で、彼はカルフェラに帰ってしまう。だから彼と過ごす時間を大切にしなくては。

アリスはテーブルの間をぬっていきながら、みんなにじっと見られているのに気づいた。案内されたテーブルは、完璧にプライバシーが守れる位置にあった。アリスは初め、キュロスがみんなの注目を集めているのだと思っていたが、今夜、その視線は彼のうしろからついていく彼女に向けられているようだった。

「なぜみんな見るの？」席につくと、アリスはとまどった表情で尋ねた。

キュロスは奇妙な笑みを浮かべてアリスを見た。「それは、君がこの店にいる客たちの全財産を集めても買えないものを持っているからだよ。君は若くて、ほっそりしている。そのウエストに届きそうな髪は本物のブロンドだ。そして、どんな化粧でも作り出せないほど輝いている。君が着ているドレスは高価ではないが、とてもすてきだ。ここの客たちが身にまとっているデザイナーズブランドの服よりもずっと」彼は声を落とした。「だから、それをはぎ取ってしまいたいと思っているのは僕一人じゃない」

「これは何事かな、女性が顔を赤らめるようなことを言うとは？」笑いながらそう言う声が聞こえた。

「レオン、いつもながら君のタイミングのよさは申し分ない」キュロスがそっけなく言った。アリスが顔を上げると、そこには仕立てのいいスーツに身を包んだ、とびきりハンサムな男性がいた。

「いや、それが僕の成功の秘訣だよ。君だってそうじゃないか！」

黒い瞳、からかうような笑み、ちょっと皮肉っぽい雰囲気――レオンはまぎれもなくフランス人だ。キュロスが立ちあがって挨拶すると、レオンは母国語でなにか言った。それに対してキュロスは短く答えた。

楽しいひとときになりそうだと、アリスは思った。にっこりして手を差し出し、握手を求めると、フランス人はその手を自分の唇に持っていった。かっかとしているキュロスを無視して。

「ところで、彼はどこに君を隠していたんだい？」レオンはちゃかすように言った。

「まるで私が葉っぱの裏にいる芋虫みたいにおっしゃるんですね」アリスがそう言うと、レオンは笑った。

「イギリス人女性の魅力は」レオンはうれしそうな声をあげた。「実にユニークだな！」

「さあ、注文しよう」キュロスが言った。ますますいらだちをつのらせている表情だ。

「それじゃ、あなたがキュロスからオリーブオイルをお買いになっているんですね、レオン？」ウェイターが注文をとりおえて、ソムリエがポピーのように脚の長いグラスに淡い金色のワインをつぐと、アリスは尋ねた。

「ああ」レオンは言った。「世界一のオリーブオイルだからね」

「レオンはフランスのあちこちにいくつもレストランを持っているんだ」キュロスが言った。「ここもそうだよ」

アリスは目をまるくして、あたりを見まわした。「嘘(うそ)でしょう?」

レオンはほほえんだ。「いや、本当(セ・ヴレ)だ! 今やレストランは年代物の上等なワインではなく、最高級のオリーブオイルを手に入れるのに奮闘しているのは知っているかな? 今のお客は舌が肥えているからね」

アリスは首を横に振った。「知りませんでしたわ。それじゃ、お仕事はうまくいっているんですね」彼女は輝くような笑顔でキュロスに言った。「こういう立派なレストランに卸しているからには、あなたのところのオリーブオイルは最高級品なのね。早く味わってみたいわ!」

レオンは眉をひそめ、キュロスに尋ねた。「彼女に話してないのかい?」

「私になにを話すはずだったの?」

キュロスはアリスの手に小麦色の手を重ね、そっと肌を撫(な)でた。「いや、実は、このところうちの会社はうまくいっているんだ」彼はもごもごと言った。「僕が自慢めいたことを言うのは好きじゃないのは知っているだろう」

一つだけ自慢したがる分野があると言おうとして、アリスは口を開きかけたが、今は時も場所もふさわしくないと思ってやめた。

「だったら、君は彼女になにを話したんだい？」レオンが尋ねた。

「ここのロブスターがいかにおいしいかを」キュロスは穏やかな口調ながらも釘を刺すように言った。

アリスはすばらしいワインと、これまで食べたことがないほどおいしい料理を堪能し、楽しい夜を過ごした。ただ、キュロスの予想どおり、レオンにかなり執拗に口説かれた。もちろん、彼女はやんわりとかわしたが。途中、反対側の端のテーブルにいた女性が、ウエイターを介してレオンにメモをよこした。

「彼女に遠慮すると伝えてくれ」レオンはちらりとそのメモに目をやると言った。

「なんて書かれていたか、お尋ねしたら失礼かしら？」ウェイターが立ち去ると、アリスは好奇心に駆られて尋ねた。

「当ててみようか？　ベッドへの誘いだろう？」キュロスが言った。

「もちろんだ！　しかし、僕がベッドをともにしたい唯一の女性は、今夜は別のだれかさんと先約があるようだ」レオンはアリスのブロンドの髪に視線を這わせながら、肩をすくめた。「ところで、そろそろ恋人を取り替えてみたらどうだい、アリス？　パリはカルフエラよりずっと近いよ」

その瞬間、キュロスのいらだちは頂点に達した。彼はアリスに目をやり、その華奢な肩にふんわりとかかる髪を見た。

そして、フランスで最も理想的な結婚相手の一人とされている目の前の独身男がアリスに対してもくろんでいることを考えた。僕がカルフェラに帰ったら、彼はすぐにそのもくろみを実行に移すかもしれない。確かに、このフランス人が言うとおりだ。カルフェラよりパリのほうがずっと近い。それに、レオンでなければ、だれかほかの男が同じことをするだろう。彼女の美しい体を見つめ、服を脱がせて……。

だめだ！　そんなことはとうてい耐えられない！

キュロスはすっくと立ちあがった。暗く渦巻く感情を象徴するようにテーブルに彼の影が落ちた。「少々度が過ぎているんじゃないかな」キュロスは脅すような口調で言った。

レオンが当惑した表情を浮かべた。「だが、いつもなら――」

「いつものことなどどうでもいい！　今度は違うんだ。いいか、レオン。ここにいるのは、僕が妻にしようと思っている女性なんだ」

レオンは呆然とした表情を浮かべ、それからぼそぼそと詫びて、おめでとうと言った。

だが、アリスの耳にはレオンの言葉が一つも入ってこなかった。信じられない思いで、ひたすらキュロスを見つめていた。彼の口から飛び出した思いもかけないドラマチックな言葉をほとんど理解できなかった。

「さあ、行こう、いとしい人(アガペー・ムウ)」キュロスはなめらかな口調で言った。

アリスはぼうっとしたままうなずき、立ちあがった。憤然とした顔をしているキュロスに、〝なにをふざけているの?〟などと言うのは禁物だ。パリの最高級レストランの真ん中で彼の怒りを爆発させる危険を冒す勇気はない。「お会いできてよかったわ、レオン」

「こちらこそ(アンシャンテ)、マドモアゼル」レオンはそう言っただけで、今度はアリスの手にキスをしようとはしなかった。

二人は車のところまで来た。運転手がドアを開ける。ここまで来れば、質問してもかまわないだろう。

「さっきあなたはいったいなにを言おうとしていたの?」アリスは後部座席に腰を下ろすと、声を荒らげて尋ねた。

彼女はわかっていないのだろうか? 他人が聞いているところで僕が私生活に関する話を始めるはずなどないのに。ここには運転手がいるのだ。

「ホテルに帰ってからだ」キュロスは言った。

「キュロス――」

「あとにしよう」

キュロスの言うこともっともだった。もし彼が一転して、あれはレオンが君にちょっかいを出さないようにするための思いつきだなどと言ったら、私はさぞばつの悪い思いをするはめになるだろう。ばつが悪いどころか、がっくりするはずだ。ずっと待ち望みながらも、キュロスの口からは永遠に言ってもらえそうになかった言葉を耳にしたとき、私はうれしさで胸がときめいたのだから。

「一つだけ、答えて」アリスは言った。「あなたは本気であんなことを言ったの?」

「そうだ」

車がホテルへ向かって走っている間、アリスの頭の中には疑問が渦巻いていた。彼女はキュロスのあとについて部屋に入り、うしろ手にドアを閉めた。

口紅やヘアブラシが床に飛び散るのもかまわずにハンドバッグをベッドの上にほうり投げると、アリスは抑えていた感情を爆発させた。「いったいどういうこと?」

「僕は君に結婚してくれと言ったんだ」

「なぜ?」

なぜ、だって? それは、どす黒い嫉妬(しっと)で頭に血がのぼり、ほかのだれかが君を独占するのが許せなかったからだ。キュロスは心の中でそう答えたが、そんなことを彼女に言うわけにいかないのはわかっていた。

「なぜギリシア人の女性ではなくて、私なの?」アリスは言った。「あなたは私にギリシア人の女性と結婚すると言ったわ。たくさん子供を産んでくれる女性との将来の計画がきちんとできていたじゃないの」

キュロスはアリスの皮肉っぽいまなざしから目をそらし、街の夜景を見つめた。空には星がまたたき、遠くでパリっ子たちが騒ぐ声が聞こえる。アリスの方に向き直った彼の顔は、ギリシア劇の仮面のようにこわばっていた。

「ああ、僕は自分と同じ国籍の女性とつき合おうとした」キュロスは慎重に言葉を選びながら言った。「ギリシア本土や島の出身の女性と。しかし……」彼は肩をすくめた。「イギリスでの生活で、思っていたより僕自身が変わってしまったのかもしれない。おそらくそのせいで女性に期待するものが違ってきたのだろう」

「だからといって、なぜ私に結婚を申しこむの？」アリスは〝なぜ〟という言葉を繰り返した。それによって、キュロスがしだいに正直な気持ちをさらけ出してきたからだ。

キュロスは心臓がゆっくりと打つのを感じた。自分が口にした言葉の重みが胸にのしかかっていた。「僕たちは相性がいいからだ」彼はぶっきらぼうに言った。「君もわかっているだろう」

アリスは待った。「それだけ？」

「それで十分じゃないのか？」キュロスの黒い瞳に笑みはなかった。人生には妥協も必要なことを、彼女は受け入れられないのだろうか？「自分の生活を顧みるんだ、アリス。そして、僕が君に与えようとしているものと比較してごらん」

アリスはあとずさりした。いきなり顔に冷水を浴びせられたかのように。「私の生活のどこがいけないの、キュロス？」

「別にいけなくはない」キュロスは淡々と答えた。「すばらしい大成功をおさめたとも言えるだろう」

「まあ、どうもありがとう」アリスは皮肉をこめて言った。

「君は立派な仕事についているし、ロンドンにフラットも持っている。多くの人が憧れる生活だ」キュロスは射抜くように鋭いまなざしでアリスを見つめた。「しかし、その行き着く先にあるのはなんだい？」

それはアリスが考えないようにしていたことだった。先の見えない不安や、殺伐とした未来図からは目をそらしてきたのだ。「私は今を生きようとしているの」彼女は言った。

「前にも言ったけど」

「どこへ向かって？」アリスが言ったことなど聞いていなかったように、キュロスは強い口調で尋ねた。そもそもギリシア人の世界観はイギリス人とは違うのだ。昔からそうだった。ギリシア人は絶え間なく起こる悲劇や生活の破壊や紛争に耐えてきたのだから。「五年後、君はどこにいると思う、アリス？　たぶん、昇進して、給料も上がっているだろう。だが、金持ちにはなっていない。自分の会社じゃないからね」

「私はお金持ちになるつもりなんてないわ！」

「そうなのかい？　それで、ロンドンに住みつづけるなら、先は見えているよ。まあ、二寝室あるフラットには買い換えられるだろうが、もっと広いところはまず無理だ。残りの人生を住宅ローンを払うのに汲々としているうちに、おばあさんになってしまうよ」

キュロスの言いぐさに、アリスは憤然として顎を上げた。「もう一つのシナリオがあるのを、あなたは考えに入れてないんじゃない？」

「もう一つのシナリオ？」

「この先、すてきな出会いがあるかもしれないわ」アリスはごくりと唾をのんだ。女として、こんなことを口にするのは不愉快だった。自分の夢を男性との出会いに賭けているように聞こえるからだ。まるでずっと憧れていたみたいではないか。学校のノートの端にウエディングドレスの絵を描いていた女の子のように。「だれかと出会って結婚して、どこかの国に移り住むことだって……」

「いや、君にそんな出会いはない。君自身、それはわかっているはずだ」キュロスは静かに言った。「僕のような男はほかにいないということは」

とんでもなく傲慢な言いぐさだった。だが、キュロスは私がこれまで何度となくひそかに考えていたことを言葉にしただけではないだろうか？

あなたみたいな人にはこの先出会いたくもないと言おうとして、アリスは口を開きかけた。そこでふと、この部屋に彼と一緒にいてそんなことを言っても、滑稽に聞こえるだけだと気づいた。

「僕のように君をときめかせる男はいない」キュロスは言った。「いろいろな意味で、僕ほど君にぴったりの相手はいないだろう。君だって、僕との結婚についてちらりと考えたことはあるはずだ。ほかの男とはそんな気にならないだろう。心の奥底ではそのことをわかっているに違いない。ほかのことと同様に」彼のまなざしが急に険しくなった。「こんな機会をふいにするのは愚か者だけだ。君は一生後悔するだろう。あのとき承諾していればと思いながら、年をとっていくはめになるはずだ」

アリスはたじろいだが、彼が描いてみせた未来の自分の姿がありありと頭に浮かんだ。過去への悔恨とむなしさを心に秘めた白髪の女性の姿が。「よくもそんな不愉快なことが言えるわね！」

「そうかい？　だが、往々にして、真実は不愉快なものだ」キュロスはアリスに真実の一部しか言っていないのに気づいていた。だが、あえて思いきったもの言いが必要だと判断したのだ。僕はアリスを求めている。アリスも僕を求めているはずだ。それなら、なぜ二人の関係を危うくするようなまねをするのだろう？　それは、ざらざらした傷口は必ずあとでなめらかになるからだ。

アリスは首を振った。「だいたい、あなたの国のあんな離れ小島で、私はいったいなにをすればいいの？」

その質問はキュロスの勝利を確実にしたようなものだった。彼はこぼれそうになる笑みを抑え、やさしく言った。「前に言ったはずだよ。カルフェラは通信手段のない無人島じゃないんだ。君がなにかしようとするなら、それを阻むものはなにもない。仕事を見つけるのもいいだろう」

「私はギリシア語を話せないのよ、キュロス」

「そのうち覚えるよ」キュロスはなだめるように言った。「決して簡単な言語ではないが――」

「まあ、そうなの？」

「でも、君は頭のいい女性だ、アリス。君ならきっとマスターできる」

アリスはかぶりを振り、自分に言い聞かせた。こんな提案はどうかしている。それに乗ろうとするなんて、私は頭がおかしくなったに違いない。彼のプロポーズには、明らかに欠けているものが一つある。彼の口から愛という言葉は一度も出てこなかった。私に心を奪われたことをほのめかすような言葉は一言もなかった。

「あなたは私にあまりに多くのことをあきらめろと言っているのよ、キュロス」そのとき、頭の中で、これからもキュロスが感情をあらわにすることはないだろうとささやく声がした。アリスは唇を噛んだ。手の届かないものを求めるより、現実に甘んじたほうがいいのかもしれない。「そう、あまりに多くのことを」彼女は自分に言い聞かせるように言った。

「僕が？」キュロスは荒々しくアリスを抱き寄せると、石膏（せっこう）のように白い彼女の頬を撫でた。「よく考えてみるんだ。君は本心では、このまま流れにまかせたいんじゃないのか？」

キュロスが間近にいると、抵抗する気力がなえ、彼に触れられると、せっかくの決意も揺らいでしまう。いや、私がそう思いたいのだ。たぶん、これは臆病者の言い逃れなのだろう。彼にキスで言いなりにされたことにすれば、自分の気持ちをごまかして、常識や理性の声を封じこめられるから。

一瞬、アリスは目を閉じた。目を開けると、視界がはっきりしたような気がした。ほかの選択肢を考えるのよ。彼女は自分をせきたてた。この申し出をはねつけたら、キュロスは去っていくだろう。それきり、二度と彼に会うことはないはずだ。今度こそ。

だが、前の別れよりもっとつらい思いをするはめになるだろう。以前のように、将来への明るい期待で自分を慰めるわけにはいかないのだから。キュロスのいない生活がどんなものかはよく知っている。それがどんなに寂しいものかは。あれから年齢を重ねて、思慮深くなった。このギリシア人のような男性は世の中にごまんといて、これからもいくらでも出会えるという幻想はもはや抱いていない。彼のような男性はほかに一人もいない……。

キュロスの指がアリスの腕をそっと撫でている。腕がこれほど敏感だとは思ってもいなかった。キュロスには、触れるところすべてを感じやすくしてしまう才能があるようだ。彼の黒檀のような瞳の奥がきらりと光り、口元にかすかに嘲るような笑みが浮かんだ。こんなことはさっさと終えて、キスという大事な仕事に取りかかりたいとでも言いたげに。

私は彼に二度目の別れを告げられるのに耐えられるだろうか？　それで二人の関係は完全に切れてしまうのだ。

アリスは再び唇を噛んだ。彼女が口にする前から、キュロスはその返事を知っていた。

「ええ、キュロス」アリスは言った。「あなたと結婚するわ」

6

「アリス、本当にこれでよかったの？」

「ママ、私は正しい選択だと確信しているわ！」アリスは見間違いではないかと確かめるように、もう一度鏡をのぞいた。

こちらを見ているこのうっとりするほど美しい花嫁は、本当に私なのだろうか？　彼女はふわっとしたクリーム色のオーガンジーのドレスをまとい、芳香の漂う椿の花を髪に飾っている。階下では、同じ花のブーケが花嫁を待っていた。濃いグリーンの葉で囲んだつややかに光る花を、長いサテンのリボンで結んだブーケが。

こんなふうに別人のように変身させてしまうのは、結婚式の華やかな装いの持つ力のせいだろうか？　それとも、キュロスと末長く幸せに暮らせるという、心の中で今も燃えている希望のせいだろうか？　アリスは鏡から目をそらした。「なにはともあれ、ママはキュロスを気に入っている。そうでしょう」

アリスの母親は眉をひそめた。「ええ、私はキュロスが好きよ。でも、あなたのパパと私は、以前彼が去っていったときにあなたがどんなに傷ついたか、よく知っているの」

「あのころは二人とも若すぎたのよ」アリスはすばやく言った。そして、自己欺瞞(ぎまん)と、過去を塗り替える自分の才能に内心驚きながら、人生最大の間違いを犯そうとしているのではないと考えようとした。あたかも以前キュロスが去っていったのは、大きな計画の一部だったかのように。「とにかく、あれはあれ、これはこれよ」

「それはわかっているの」母親は言った。「ただ、あまりに早く事が進んだから。それで、パパと私はどうしてもあなたのことが気にかかるのよ」

「でも、私は幸せよ、ママ。それは断言できる。私はなによりもキュロスの奥さんになりたいの」アリスはかすれた声で言った。それは本心から出た言葉だった。その瞬間、帽子を直していた母親の表情がやわらぐのがわかった。

パリでのあの夜、キュロスの思いがけないプロポーズを受け入れたときから結婚式当日の今朝まで、さまざまな手続きや段取りに忙殺され、あわただしく時間が過ぎていった。心のどこかでは、こっそり結婚式を挙げてしまいたいと思わないでもなかった。だが、そんなことをしたら、両親ががっかりするのはわかっていた。それに、二人の結婚が恥ずべきことであるかのような印象を周囲に与えてしまう。

アリスが最初にしたのは会社に辞表を提出することで、それは思っていたよりもずっと厄介だった。経営陣はなんとか会社にとどまってもらえないかと説得にかかった。二、三年したら管理職にするという人参まで目の前にぶらさげたが、アリスはその提案には乗らなかった。キュロスの輝かしいプロポーズの前には、昇進など色あせて見えた。

アリスは賃貸住宅の仲介業者に頼んで、自分のフラットを借りてくれる人をさがした。そうすれば、この結婚がうまくいかなくなった場合の保険になる。戻ってくる場所を確保しておくのだ。しかし、その一方で、世間の花嫁は自分の結婚をそんなふうに悲観的にとらえるだろうかと考えこんだ。

アリスが服を買ったり、料理を選んだり、結婚式に必要となるこまごまとした用事をこなしたりする一方で、キュロスは両方の国で二人の結婚が法律上認められるように、ギリシア大使館での手続きを進めた。そのあと、アリスのために家を整えようとカルフェラへ飛んだ。

アリスにとっては、キュロスの不在こそが、この結婚は間違っていないと確信するきっかけとなった。彼がいないと寂しくてたまらなかった。夜ベッドに入ると、彼のたくましい体のぬくもりが恋しくなった。彼がそこにいるという感覚が、彼との会話が懐かしくなった。

もし彼が戻らなかったら？　気がつくとそんなことを考えていて、ぞっとした。どうして彼はこんなに短い間に私の生活をこれほどかき乱す力を持つことができたのだろう？　その力はますます大きくなって、いつの日か、彼なしには生きていけなくなるのではないだろうか？　樫（かし）の木に寄生する宿り木のように。

そんなことにならないように注意しなければならない。それがこの結婚式の日にアリスが心に誓ったことだった。なにがあろうと、自分自身を見失わないことだ。

階段の下まで来たとき、アリスは父親がこちらを見ているのに気づいた。心配そうだった顔は、花嫁の父としての誇らしげな表情に変わっていた。

「これは……とてもきれいだよ、アリス」

アリスは泣きたいような気持ちになった。「ありがとう、パパ」

父親はうなずき、ぶっきらぼうに言った。「さあ、行こう」

二人は近くのホテルで式を挙げ、そこで早めの昼食をすませたあと、カルフェラへ飛ぶ予定になっていた。

式に参列したのは、アリスの両親、カースティ、それにもう一人の友人だけだった。友人二人は立会人だ。そうしたのはアリスとキュロスの意思だったが、やむをえない事情もあった。キュロスの父親はあまりに急な話で出席できなかった。それに、キュロスはどうしても父親に来てほしいとは思っていないようだった。彼の弟夫妻は双子の赤ん坊がいるうえに、つい最近、自分たちの結婚式を終えてニューヨークの家に落ち着いたばかりだった。

パヴリディス家の人がだれも出席しないことに、アリスは妙に落胆していた。それによって、二人の結婚の意味が軽くなるかのように。

「私がクサンドロスに会ったことがないのを知っているでしょう。もちろん、彼の奥さんにも」アリスはキュロスにそう言ったことがある。

「そのうち会えるさ」それがキュロスの返事だった。

それはいつなのかとアリスは思った。クサンドロスは何年間もカルフェラに帰っていないという。そして、自分とキュロスがニューヨークにあるクサンドロスの家を訪ねることはどうしても想像できなかった。なぜだろう？　あの名高いカルフェラにいったん足を踏み入れたら、島にとらわれてしまい、二度と島から出られなくなるようではないか。そんな想像はばかげている。私はキュロスと結婚して、彼は……彼は……。

彼はどうなのだろう？

夫となる彼は、本当のところ私のことをどう思っているのだろう？　アリスが考えこんでいると、車がホテルの前でとまった。なぜ正面きって彼に尋ねる勇気がないのだろうか？　きっと、もしも彼が私を愛することはできないと言ったら、結婚式を挙げるのはプライドが許さないからだ。だからといって、結婚をやめてしまうなんて耐えられない。私には彼の分を補うくらい十分な愛がある。

アリスは急に喉がからからになり、ごくりと唾（つば）をのみこんで、ついあれこれ考えてしまうのを緊張のせいにした。もちろん、緊張していて不思議はない。花嫁はみんな緊張するものだ。ただ、アリスの場合、不安でたまらないことを認めようとはしなかった。他人にも自分にも。いったんそれを認めたら、堰を切ったように自分の不安を人に訴えてしまいそうだったからだ。

ホテルの階段でカースティが待っているのを見て、アリスはほっとした。友人は頭のてっぺんに羽根の髪飾りをつけ、サマードレスで思いきりおめかしをして、満面の笑みを浮かべている。少なくともカースティは最初からアリスの結婚に賛成してくれていたが、その理由はほかの人とは違っていた。彼女はすっかりキュロスの魅力のとりこになっていたのだ。アリスが彼をはねつけていたら、気は確かかと疑ったことだろう！

「彼はまだ来てないわ」アリスの顔を見るなり、カースティは言った。「まあ、アリス……とってもきれい！　今年最高の花嫁だわ」

この結婚式をすっぽかされなければね。アリスは心の中でつぶやいた。だが、その瞬間、車高の低い大きな黒塗りの車が近づいてきた。アリスはほっとしている自分を情けなく思った。

キュロスが来た！

薄い色のついたガラスの向こうに、見慣れた浅黒い肌の厳しい横顔が見えた。黒い髪はくしゃくしゃだ。いつものもどかしげなしぐさでかきあげたように。全身からぴりぴりした雰囲気を漂わせている。キュロスも私と同じように神経が高ぶっているのだろうか？

「あら、もう結婚指輪をしてる！」カースティがアリスの左手を取り、淡い金色に輝く指輪をまじまじと見て声をあげた。

「ギリシアではそういう習慣なの」アリスは急いで言った。「婚約すると、男性も女性も左手に結婚指輪をはめて、結婚したら、それを右手に替えるのよ」

「じゃあ、婚約指輪はないのね」カースティががっかりしたように言った。その声は階段の下まで響いた。

「ギリシアの習慣はほかの国とはずいぶん違っているからね」キュロスのなめらかな声が背後から聞こえてきた。「僕たちの伝統は君たちのと同じじゃないんだ」

振り向いた瞬間、突然空気がひんやりとするのを感じた。気のせいだろうか？　それとも、これから足を踏み入れようとしていることの重大さを悟ったからだろうか？　私はキュロスとこのしゃれたホテルで結婚しようとしている。だが、そのあと、母国をあとにして、まったく異質な文化を持つ国へ渡るのだ。

「やあ、アリス」キュロスが言った。

彼のやさしいまなざしを見たとたん、アリスはこれまで抱いていた不安が急に消えていくのを感じた。

キュロスはアリスの両親の方を向いた。そのようすは妙にかしこまっていた。「結婚式の日の朝、花嫁の父親に結婚の許可を請うのも僕の国の伝統なのはご存じでしょうか？」

彼は静かに言った。

短い沈黙があり、アリスの父親はほほえんだ。「もちろん、この結婚を祝福するよ、キュロス。娘をよろしく頼む」

二人の男性は長いこと見つめ合っていた。

「はい、約束します」キュロスは言った。

結婚式はギリシア風の趣向も加わり、儀式とも祝祭ともつかない形で進行していき、まったく現実感がなかった。式のあと、シャンパンがふるまわれたが、アリスは飲みたいという気もなく、おいしそうな料理にも食欲がわかなかった。

「僕の奥さんは」キュロスは妻の手を取り、唇に持っていった。「うっとりするほどすてきだ」

「ありがとう」

慎み深い妻にふさわしく目を伏せるアリスが、キュロスには好ましく思えた。瞳に浮かぶ激しい欲望や情熱を隠すためにそうしているのだろうか？　彼は声をひそめて言った。

「君と二人きりになるのが待ちきれないよ」

「私もよ」アリスの声は震えていた。これが最後のふつうの食事だという思いを、どうしても頭から振り払うことができなかった。まるで、これから地の果てへ航海に出るかのようだ。エアコンがきいているにもかかわらず、額にじっとりと冷たい汗をかいているのに気づき、アリスはナプキンでぬぐった。たかがギリシアへ行くだけじゃないの。彼女は自分に言い聞かせた。火星へ行くわけじゃないのよ。

出発する前に着替えをしようと、アリスは二階にとった部屋へ向かった。母親や友人たちがついてこないようにそっと抜け出して。平静を装うのは楽ではなく、興味津々のまなざしから少し逃れたかったのだ。朝からずっと、周囲の期待と自分自身の本音の間を綱渡りしているような気分だった。

アリスが髪に飾っていた椿の花をとり、オーガンジーのドレスから真紅のシンプルなワンピースに着替えて再び姿を見せると、キュロスが目を細めるのがわかった。赤は、彼女がふだん着ない色だった。

キュロスは赤が愛と忠誠を表す色であることに気づいただろうか？　ギリシアでは花嫁が赤いベールをかぶることがある。私が送った無言のメッセージを、彼は読み取っただろうか？

だが、キュロスはなにも言わなかった。

リムジンで空港へ向かう間、キュロスのこめかみはずきずきしていた。今日一日で、結婚というものが想像以上に大変なことがわかった。カルフェラからかかった電話も気持ちを楽にしてはくれなかった。

キュロスはアリスの方を見た。車内の薄明かりの中でも、新婚旅行用の真紅のワンピースを着た彼女の顔が青ざめているのがわかる。グリーンの瞳は驚くほど大きい。彼女は本当に美しいと、キュロスは改めて思った。

彼はアリスの唇をそっと指先で撫で、やさしく尋ねた。「幸せかい？」

それは花婿から花嫁への伝統的な質問だった。しかし、こういう状況では思慮に欠けていた。アリスは不意打ちをくらった気分だった。キュロスは忘れっぽいのだろうか？ それとも、あえて問いかけたのだろうか？ 以前、最近結婚したキュロスの双子の弟は幸せそうかときいたときの彼の答えが、アリスの不安をかきたて、それが今でも心にわだかまっていた。

〝だれでもしばらくの間は幸せかもしれない〟そのとき、キュロスは言ったのだ。〝だが、それがずっと続くかどうかはだれにもわからない〟

「もちろん、幸せよ」アリスは作り笑いをした。あまりに長時間、笑顔を保ってきたあとでは、顔がゴムのように伸びる気がした。「ちょっと疲れているけど、それだけ。カルフエラまではどのくらいかかるの？」彼女は窓の外に目を凝らした。「ヒースロー空港へ向かっているんじゃないみたいだけど、気がついてる？」

「僕たちが向かっているのはヒースロー空港じゃない。旅客機だと乗り換えがあって、アテネで待ち時間がある。何時間も暑くて不愉快な思いをしなければならない。ただでさえ疲れている花嫁には不向きだ」言葉を継ごうとするキュロスに、アリスが問いかけるような目を向けた。「だから、自家用ジェットを使おうと思ってね」

「まあ」アリスは笑ってキュロスを見た。「おもしろいことを言うのね。これからどこへ行くの……本当は？」

一瞬、キュロスの唇の端に笑みが浮かんだ。アリスの純真さといったら、いじらしいほどだ。少なくとも金目当てで結婚したなどとはだれにも非難できないだろう。「僕はまじめに言っているんだ」

「でも、自家用ジェットって……」

「島での生活には欠かせないものさ」キュロスは言った。

「あなたの飛行機ってこと？」

「もちろんだ」

「だけど、あなたはオリーブオイルを作っているんでしょう、キュロス。黄金を作り出しているのではなく！」

過去を共有していることがときとして二人の結びつきを強くするのにじゃまになる場合もある。キュロスはふとそう思った。僕の妻になった以上、彼女には僕の判断を尊重するようにしてもらわなくては。それに、僕の声の調子から、これ以上その話はしたくないことに彼女は気づかないのだろうか？

「僕の事業は今、とてもうまくいっている」彼はさらりと言った。「その話はパリでしただろう。美食家にとって、オリーブオイルは黄金の液体なんだ」彼の瞳がいたずらっぽく光った。「僕の考え方はいたって単純だ。生活を快適にするために、自分の稼いだ金を使う。きっと君も、僕の自家用ジェットを自由に使えるのは悪くないと思うようになるよ」

アリスは座席に深く身を沈めた。頭が混乱し、とまどっていた。自家用ジェットを持つのは大変なことだ。たとえそれが唯一の道楽であっても。そこには道楽以上のものがある。所有欲だ。

〝僕の自家用ジェット〟とキュロスは言った。夫婦はすべてを共有するのではないだろうか？　それとも、うっかり今までどおりの言い方をしてしまったのかもしれない。これからは〝僕たち〟と言うべきところを〝僕〟と。たぶん、すべてがめまぐるしく進み、二人ともカップルとしての言い方に慣れていないのだろう。

「自家用ジェットなんて乗ったことがないわ」アリスは言った。

「それはいい」キュロスは今日初めて上機嫌になった。「君も喜んでくれると思うよ。通常の搭乗手続きはなにもいらないんだ。乗務員には遠慮してもらって、僕たちだけで客室を占領することもできる」彼は真紅のドレスの上からアリスの腿をつかんだ。跡がつくほど強く。「雲の上で僕たちの結婚を完成させるのはどうだい？」

そのとたん、アリスの顔から血の気が引いた。神経質になっていたからだろうか？　それとも、自家用ジェットについて聞かされたすぐあとに、キュロスがそんなことを言いだしたからだろうか？　まるで私が飛行機の中に飾るためのトロフィーかなにかのようだと、アリスは思った。新妻に対してずいぶん失礼だ。なぜ客室から追い払われたか知っている乗務員たちを気にしながら、私と愛し合うというのだろうか？

「たしか〝マイル・ハイ・クラブ〟とか言ったかしら。飛行機の中でいかがわしい行為をする秘密クラブがあるんでしょう？　私をその会員にするってこと？」アリスは皮肉っぽく尋ねた。「あなたはすでに会員みたいだから」

キュロスは笑った。「ずいぶん上品ぶっているんだな、アリス！」

アリスは唇を震わせた。「それじゃ、あなたは本当に会員なの？」

キュロスの黒い瞳が光った。「答えを聞くのに耐えられないなら、質問などしないことだ」彼はやんわりと警告した。「僕だって、別れていた十年間に君がベッドをともにした男について尋ねたりしないだろう」

「そんな人はいなかったわ！」

「ああ、アリス」キュロスはアリスの手を唇に持っていき、指を一本唇にはさむと、からかうような笑みを浮かべた。「アリス、アリス、アリス！　君は僕が聞きたくないことを言う必要はない！　君の体はベッドで愛されるためにできていて、しかも最高の教師の手ほどきを受けたんだ。あのあと、僕以上に君を喜ばせた男はいないという自信はある」その瞬間、彼のまなざしが険しくなった。同じように、声もこわばった。「いずれにしろ、その男たちのことは知りたくないが」

あなたが去ってから恋人は一人もいなかったと反論しようとして、アリスはなぜかやめておいたほうがいいような気がした。なにかが彼女を押しとどめたのだ。それがプライドなのか、怒りなのかはわからなかった。キュロスはおそらく、私が修道女のような生活を送ってきたと思うだろう。彼のために。それなのに、彼は自家用ジェットで女性とセックスしたことを臆面もなく自慢しているのだ！

「あなたって傲慢そのものね」アリスは低い声で言った。

「そうだよ。僕をそうさせたのは……」キュロスはアリスのワンピースの裾からするりと手をすべりこませた。シルクのストッキングの上からのぞく素肌はひんやりとしている。キュロスがショーツを下ろそうとすると、アリスは小刻みに震えだした。

「もう我慢できないんだ……」

「キュロス……」

「無理に自分を抑えることはない。そのためにこの車を選んだんだ。運転手からは見えも聞こえもしないし、飛行場に着くまで時間はたっぷりある。君がどうしてもはしたないまねはしたくないと言うなら、カルフェラに着くまで待ってもいい。しかし、それまで耐えられそうもないほどの長旅だよ」

ふと、カルフェラで始まる二人の生活に思いをはせたとたん、キュロスの心に暗い影が忍び寄った。だが、この腕の中にいる女性は、きっと美しさと情熱でその影を追い払ってくれるはずだ。

「君が欲しいんだ、アリス」彼の声はうわずっていた。「今すぐに」

突然のキュロスのキスの激しさに、アリスは呆然(ぼうぜん)となった。

7

「さあ、着いたよ」車がさらにカーブを曲がったところで、ふいにキュロスが言った。アリスは目の前の屋敷を一目見るなり、思わず小さく息をのんだ。

「まあ、キュロス」屋敷を見あげながら、彼女はうっとりとした声で言った。「なんて……なんて美しいの」

丘の上に立つ大きな二階建ての石造りの屋敷は、レモンの木に囲まれていた。丘の下にはターコイズブルーのミルトア海が広がっている。

キュロスが運転するつややかなシルバーの車は芳香の漂う松林を抜け、くねくねした坂道をのぼってきた。

午後の猛烈な暑さの中、二人が自家用ジェットから降り立つと、最高級のスポーツカーが小さな滑走路で待っていた。そして、会社の役員とおぼしき一団からアリスに鍵の束が手渡された。もの珍しそうに自分を見ている黒い瞳の男性たちに向かって、アリスは髪をうしろに撫でつけながらにっこりし、たどたどしいギリシア語で挨拶した。

夫となった男性がいたって単純な考え方だと言っていたのを思い出した。稼いだ金を使うだけだと。自家用ジェット機を所有する理由に、そんな言い方をするとは！　だったら、島でいちばん眺めのいい場所を占める家はどうなのだろう？

だが、今そんなことをキュロスに尋ねるのはまずい。アリスは島にいい印象を持ちたかったし、それをこの先変えたくなかった。だから、心のわだかまりを振り払った。彼女はキュロスと同じようにこの島を愛し、理解したかった。ここではまったくのよそ者で、これから新しい生活を築いていかなければならないのだ。

このカルフェラで。

アリスは今まで何度となく、ここがどんなところか想像した。

二人がまだ大学生だったころ、カルフェラへ遊びに来ないかとキュロスが誘ってくれるのを待っていた。かなり露骨にほのめかしもしてみたが、招待されたことはなかった。それから十年後にこうしてキュロスの花嫁となり、彼のかたわらにいるなんて、だれが想像しただろうか？　これこそが夢に描いたシナリオだ。それなのに、島へ向かう飛行機の中でもずっと胸騒ぎがしていた。いったいどうしてだろう？

車から降りると、かぐわしい熱い空気に包まれた。「その下を見てごらん」キュロスが言った。「よくクサンドロスと一緒に泳いだ入江だ」

はるか下方に、サファイア色の海を縁取る銀色のリボンのような砂浜が優美な曲線を描いているのが見えた。屋敷から浜辺まで石の階段が続いている。「あなたが岩で足を切って、血だらけになったのはどこ？」

「だれからそんなことを聞いたんだ？」

「あなたが言ったのよ。十年前に」アリスは指先でそっとキュロスの腿に触れた。「その傷跡が証拠よ。覚えてる？」

キュロスのいかめしい表情がやわらいで、笑みが浮かんだ。かつて、アリスはよく舌の先でそのぎざぎざの跡をなぞったものだ。まるで、そうすれば白く盛りあがった傷跡が溶けてしまうかのように。「よくそんな細かいことを覚えているね」

キュロスについては、どんなささいなことも覚えている。だが、アリスはそれを彼に言うつもりはなかった。そんなことを打ち明けたら、立場が弱くなる。キュロスは自分にすっかりめろめろになっているような女性に用はないのだ。

「飛行場にいた男の人たちはだれなの？」アリスは車のトランクを開けながら尋ねた。

「スタヴロスとクリストス、あとの二人は彼らのいとこだ」キュロスは小型の旅行バッグを取り出すと、アリスの方を向いた。「それがどうかしたのかい？」

「いえ、別に。ただ、みんな……」

「みんな、どうだったというんだい、アリス？」

「なんだか、かしこまっていたから」

「四人ともうちで働いているんだ。それでだよ」

「オリーブの精油所で？」

「いや、僕の会社の一つで」

「あら、あなたは会社をいくつ持っているの？」アリスは冗談めかして尋ねた。

だれかから聞かされる前に彼女に話さなければならないと、キュロスは思っていた。だが、なにも今日話すことはないだろう。「そんなことは気にしなくていい」彼は軽い口調で言った。「君は疲れているんだから、アリス」

そう言われたとたん、アリスは気持ちが楽になった。確かに疲れている。いや、それどころか、くたくただ。結婚式の前の緊張感のせいもあるが、あれから何度も愛し合ったせいでもある。

飛行場へ行くまでの車の中で。

飛行機の中で。それも、一度ならず二度も。アリスにとっては生涯で最高にエロチックな体験だった。喜びにあえぐ彼女の唇を、キュロスはキスで封じた。しかし、互いに満たされたあと、アリスは彼の気分の変化を感じた。彼の中に巣くっている深い憂鬱（ゆううつ）の影を。彼女がやさしく撫でると、キュロスはされるがままになっていた。彼の心になにがよぎったのかきこうとしたとき、インターコムが鳴り、急いで身だしなみを整えるようにとパイロットに促されて、タイミングを逃した。

キュロスは車のドアを閉め、屋敷の方を見あげた。

「スーツケースを運ぶのを手伝いましょうか？」アリスは尋ねた。

「いや、その必要はない」キュロスはほほえんだ。「だれかがやってくれるよ。君が自分でスーツケースを運ぶ日々は終わったんだ、アリス」

アリスは突然、不吉な予感を覚えて鳥肌が立った。キュロスはだれか他人のことを話すような言い方をした。見知らぬ他人のことを。もう自分のスーツケースを運ばなくてよくなった女性……。

　背後で物音がして、アリスは振り返った。屋敷から中年のカップルが現れ、ほほえみながらこちらに近づいてきた。キュロスが言っていた夫婦に違いない。彼が仕事で留守にするとき、屋敷の管理をしてくれているのだ。

「アリス、ソフィアとイアニスを紹介しよう。二人にはこの家のことを切り盛りしてもらっている」キュロスはそう言うと、すばやくギリシア語でなにかつけ加えてから英語に戻した。「ソフィアは料理を担当して、イアニスは庭師の監督をしているんだ」

　庭師の監督？　庭師が何人いるというのだろう？　アリスは呆然（ぼうぜん）としながらも、二人と握手を交わした。「こんにちは（カリスペーラ）」彼女は笑顔で言った。

「ようこそ、ミセス・パヴリディス」ソフィアが言った。なぜこんな慎重な言い方をするのかと、アリスは思った。こちらが疲れているせいでそう聞こえるだけだろうか？

キュロスとソフィアが短いやりとりをする間、アリスはいかにも従順な妻といった感じで立っていた。やがてキュロスは彼女の肩を抱いて引き寄せた。彼のたくましい体に寄り添うと、アリスは急にほっとした。

「中に入ろうか、アリス？」

アリスはキュロスを見あげた。「ええ」

アリスの顔がこんなに愛らしく、傷つきやすく見えたことはない。キュロスはちくりと胸が痛んだ。それでも平静な表情を崩さず、彼女の手を取った。蝉の鳴き声があたりに響き渡り、強烈な太陽の光がじりじりと照りつける。ドアの前まで来たとき、キュロスはなにも言わずに身をかがめてアリスを抱きあげた。

「キュロス！　いったいどういうつもり？」アリスは甲高い声をあげた。

「知らないのかい？」黒い眉がアーチを描くように上がった。「結婚したあと、花嫁を抱きあげて玄関を入るのが習わしなんだ」

「でも、伝統的なギリシアの習慣ではないでしょう？」

「そうだよ。ギリシアには、イギリスにいるような土の中にひそむ邪悪な精霊はいないからね」キュロスは口調をやわらげた。「そんなものは、僕が許さない」

キュロスの言葉に、アリスは頭がくらくらした。彼の腕に抱かれると、いつも子猫になったような気持ちを味わうと同時にセクシーな気分にさせられる。しかし今、彼に運ばれて屋敷の中に入りながら、わけのわからない感覚に襲われてぞくっとした。

「ここは涼しいわね」大理石の床に下ろされたアリスは、あたりを見まわした。サンダルを脱ぎ捨てると、足の裏にひんやりとした石の感触が伝わってきた。

「ギリシアの家は、焼けつくような夏の暑さをさえぎる分厚い壁で囲まれているからだよ。冬は寒いから、暖炉もある」

「暖炉も？　ギリシアで？」アリスはかぶりを振った。「キュロス……私には知らないことがたくさんあるわ。学びたいことも」

「僕が教えてあげるよ」キュロスは頭を下げ、アリスの唇にそっとかすめるようなキスをした。「どこから始めようか？」

彼の欲望が伝わってきて、アリスの体にかすかな震えが走った。「まず、ソフィアとイアニスについて教えて」彼女はささやくような声で言った。

「イアニスはこれから庭の見まわりに行くところで、ソフィアは今、僕たちのここでの最初のディナーを用意してくれている」キュロスはなおもキスを続けていた。「さあ、二階へ行こう。僕たちの寝室を見せてあげるよ」

キュロスの熱い息遣いを唇に感じながら、アリスはうなずいた。このあとの特別なセックスに胸をときめかせる一方で、今日起こったすべてのことに少し圧倒されていた。「それはいいわね」彼女はかすかに不安そうな声で言った。

キュロスは目を細めてあとずさりし、アリスの血の気のない頬に指先で触れた。「それとも、浜辺に下りていって、軽くひと泳ぎしようか？　太陽と水を肌に浴びて」

「そうね、キュロス、それがいいわ。長いこと閉じこめられていたような気がするから。時間はあるの？」

キュロスは笑った。「もちろん、時間はあるさ。ディナーはどこへでも持ってきてくれる。さあ、着替えよう。水着は持ってきたかい？」

「もちろんよ。五枚買ったの」

広々とした寝室は、本や雑誌のグラビアから抜け出たようだった。シンプルだが、贅を凝らしてある。白い壁に、白いカバーのかかったベッド。それに、古風な美しい家具――彫刻のほどこされた引き出し付きのチェストと優雅な曲線を描く寝椅子が置かれている。しかし、すべてをしのぐのは窓から見える景色だった。

背の高い窓は海に面していて、広いベランダにはテーブルと椅子、そして、かぐわしい花が咲き乱れた鉢が置かれている。

アリスはそれぞれ肌の露出度が違う水着を持ってきていたが、今日は日光浴をするだけでなく泳ぐことにしたので、どれを身につけるかなかなか決められなかった。結局、濃いオレンジ色の光沢のある生地でできたワンピース型の水着にした。その色は、彼女の淡いブロンドの髪と鮮やかな対照をなしている。その上にカフタン風のドレスを着て、きらきら光るビーチサンダルをはき、ベランダの手すりにもたれかかった。そよそよと吹く風に髪をなびかせながら。

「気に入ったかい?」背後からキュロスがやってきて、アリスのウエストに腕をからめ、うなじに唇を押しつけた。

「信じられないくらいよ。この海の青さといったら」

キュロスはまぶしそうに目を細めた。アリスのほのかな香りに包まれ、水着の薄い生地を通してセクシーな曲線を感じていると、自然と体が熱くなる。それでも今に限って、欲望にはいつものような効果がなかった。ふだんなら、部屋に入ってきた蚊のようにしつこくつきまとう暗い思いをぬぐい去ってくれるはずなのに。

今日のキュロスは与えられた役割を演じているかのようだった。といっても、あらかじめ覚えておかなくとも、台本のせりふは頭に入っていた。そう、アリスとの結婚は本物ではない。これが長続きしないのはわかっている。だが、何物にもじゃまされずに第一幕を終えたいと思う僕を、だれが責められるだろうか?

「さあ、泳ぎに行こう」キュロスはぶっきらぼうに言った。

一段低くなった庭の端から海岸まで、石の階段がずっと続いていた。アリスはキュロスについて階段を下りていった。二人がいちばん下まで下りたころ、空はあかね色に変わり、海はインクを流したように暗く染まっていた。

アリスはカフタン風のドレスを脱ぎ捨てると、海へ向かって走っていった。爪先で押しあげた砂を、打ち寄せる波が消していく。

そのままずんずん海の中に入っていき、それから沖へと泳ぎだした。岩の上に座っているキュロスを振り返りながら。ここからの眺めは完璧(かんぺき)だ。アリスは夢心地でそう思った。海も、砂浜も、そそり立つ山を背にしている男性も。視線を上に向けると、丘の小道になにか光るものが見えた。目を凝らしたが、なにも見えず、まばたきした。

私はここにいる、とアリスは思った。キュロスと結婚して、カルフェラにいる。この結婚こそ、ずっと夢見ていたものだったはずだ。泳ぎながら、自分にそう言い聞かせた。そして、しばらくしてから、岸に戻っていった。

キュロスはアリスを見つめていた。彼女が泳ぎたがるのはわかっていた。学生だったころ、二人で列車に乗って、イギリスの海岸へ行った日のことを思い出したのだ。彼女は氷のように冷たい水をものともしなかった。ためらいもせずに海に飛びこんだのを覚えている。

過去はこうしてふとした折りにやすやすと現在の中に入りこんでくるものだと、キュロスは気づいた。そして、思い出は現実をゆがめる。だが一瞬、それでもいいと思った。

「君はまるで人魚姫だな」キュロスはそう言うと、水をしたたらせて海からあがってきたアリスを抱き寄せた。

アリスは顔を空に向けた。「最高にいい気持ちだったわ」

キュロスは身をかがめて、塩の味がする水滴に唇を寄せた。「本当に？」

二人の視線がからみ合い、アリスは笑いだした。「そうね、二番目に気持ちがいいことかも……」

今日アリスが心からリラックスしているのを見るのは、これが初めてだった。「さてと、そろそろ戻って、ソフィアがどんなごちそうを用意してくれたか見に行こう。おなかがすいたかい？」

「ぺこぺこよ」アリスは正直に言った。進んでなにか食べたいと思うのは久しぶりのような気がした。

キュロスと急な階段をゆっくりとのぼりながら、アリスは深い充足感を覚えた。この気分をつかまえて、瓶に封じこめられたらいいのに。そうしたら、不安を感じたときには、瓶のコルクを開ければいい。今感じている親密な気分は、愛という言葉よりも、未来に希望を持たせてくれる。

相手が聞きたいだろうと思って、人は心にもない言葉を口にすることがある。でも、キュロスはそんなことはしない。彼は私に愛していると言ったことがない。それは、彼が偽善者ではないからだ。ただ、二人がしっくりと溶け合うようなあの感じが偽物であるはずがない。そう、二人の間に存在しているように思える絆(きずな)が。あの絆は、非現実的でロマンチックな感情よりももっと本質的で価値あるものではないだろうか?

屋敷に戻った二人は、シャワーを浴び、着替えをしてから、ソフィアがディナーを用意してくれている階下に行った。外のテラスに置かれたテーブルにはキャンドルがともり、小さな花瓶に生けられた紫色の花が淡い香りを漂わせている。日没間近で日差しがしだいに弱まっていく中、料理が次々とテーブルに並べられた。

ガーリックとローズマリー風味のラム肉は口の中でとろけそうだった。それに、さまざまな種類のサラダがたっぷりある。二人は口当たりのいいギリシアワインを飲みながら料理を楽しみ、そのあと、蜂蜜(はちみつ)とマルメロの入ったケーキを食べた。

「とてもおいしいわ、ソフィア」アリスはおずおずとほほえんで言った。「ありがとう」

「どうも(パラカロー)」ソフィアが言った。「どういたしまして」

ソフィアがアリスに対して少々慎重にふるまっていたとしても、彼女を責めることはできない。なんといっても、アリスはこの家に初めてやってきた新妻なのだ。家政婦というものはいつの時代にも、自分の領分に入ってくるほかの女性を警戒する。

星空の下でコーヒーを飲むと、キュロスはアリスを二階の寝室へ連れていった。寝室は鎧戸(よろいど)がまだ開け放してあり、月の光が木の床に細長い銀色の筋を描いていた。薄明かりの中で、彼はアリスの服を脱がせた。

「君は女神のようだ」アリスの明るいブロンドの髪が裸の体に波打って落ちるのを見て、

キュロスは息をのんだ。「光と影が作り出すこの見事な曲線。僕の美しい女神だ」

「あなたはギリシアの神だわ」アリスは恥ずかしそうに言って、彼のシャツのボタンをはずしはじめた。

キュロスはベッドにアリスを運ぶと、仰向けになって彼女を自分の上にのせ、シルクのような髪に指を差し入れた。アリスは腰を落とし、人類最古のダンスのリズムを刻みながら体を動かした。その間ずっと、キュロスは彼女を見つめていたが、やがて枕の上で頭をのけぞらせ、うめき声をあげながら、母国語で荒々しくなにか言った。

そのあと、アリスはぐっすり眠ってしまったらしい。目を覚ましたときには、部屋の中は真っ暗だった。とっさにまだ夜なのかと思った。しばらくして目が慣れてくると、夜の間にキュロスが起きて鎧戸を閉めたのに気づいた。

アリスは起きあがってあたりを見まわしたが、部屋の中に人の気配はなかった。ベッドの隣はもぬけの殻で、寝具がくしゃくしゃになっていることだけがそこに夫が眠っていたしるしだった。あくびをし、手を伸ばしてサイドテーブルの腕時計を取った。そこで初めて、すでに十時をまわっていると知った。こんなに遅くまで寝ていたのは久しぶりだ。アリスはゆったりと頭の上に腕を伸ばした。

「キュロス?」

だが、バスルームからはなんの物音もしない。立ちあがって鎧戸を開けると、太陽の光がいっきに部屋にあふれた。アリスはベランダに出て眼下を見まわしたが、海岸に人影はなかった。海はコバルトブルーに輝いている。

キュロスは私を寝かせておいてくれたのだ。アリスはすばやくシャワーを浴びると、彼をさがしに行くことにした。自然と口元がほころぶ。彼が見つかったら、キスをしよう。

アリスは濡れた髪をうしろで一つに編みこみ、黄色のサンドレスを着てサンダルをはくと、階下に下りていった。

「おはよう！」アリスは言った。「あら、ソフィア」キッチンから出てきた家政婦に、彼女は声をかけた。「すばらしい朝ね」

ソフィアはうなずいた。「ええ、奥様。朝食を召しあがりますか？」

「いただくわ。でも、その前にキュロスに挨拶したいと思って。彼はどこかしら、ソフィア？」

一瞬、間があった。「ご主人様はお出かけになりました」

アリスは自分が間抜けに思えた。面目を失いたくはないが、ここは家政婦にきく以外にないだろう。「どこに行ったかご存じ？」

「ええ、奥様。銀行です」

「銀行」アリスはゆっくりと繰り返し、無理に笑みを浮かべた。「お金を借りたいなら、私に頼めばよかったのに！」

あいにく、家政婦からはなんの反応も返ってこなかった。アリスはその冗談がまずかったのに気づいた。たとえハネムーンの最初の朝にメモも残さずキュロスが姿を消したことで傷ついた心を隠すには有効だったとしても。

「朝食を召しあがりますね？」

本当のことを言えば、アリスは食べ物が喉につまりそうな気分だったが、プライドから、いっそう明るくほほえんだ。「それじゃ、少しいただこうかしら、ソフィア。テラスで食べてもいい？」

「ええ、もちろんです」

鬱蒼（うっそう）とした木々の間から日の光がもれるテラスには、すでに一人用のテーブルが用意されていた。アリスはかぐわしい松の香りや聞き慣れない小鳥のさえずりに集中しようとしたが、そこに座っていると、ぞっとするほど孤独が身にしみた。こうして真新しい黄色のサンドレスを着ても、夫はまだそれを見ていないのだ。

アリスはキュロスを待ちつづけた。やがて、ソフィアがポットに入った濃いコーヒーを運んできた。続いて、果物やパン、ソフィアの話ではカルフェラでとれるという濃厚な褐色の蜂蜜も。それでもキュロスは現れず、アリスは一人黙々と食事をした。

しかし、食事がすむと、アリスは元気を取り戻し、敷地の中を探検することにした。庭といっても、思っていたのとは大違いで、その広大さには少し面くらったが、ギリシアはイギリスより土地が安いのだろうと思った。

屋敷の庭は、菜園や花壇から、大理石の柱や美しい彫像が立つ本格的な庭園まで、さまざまに区分されていて、そのどこにも座るところがあった。一日のうちに変化する日の光とすばらしい景色を、あらゆる場所で最大限に楽しめるようになっているのだ。

アリスは海へと続くプールを見つけた。さっそくサンダルを脱ぎ捨て、プールサイドに腰を下ろして、ひんやりとした水に足をつける。そして、キュロスが今にも現れて、うしろから肩を抱き、うなじにキスをするのではないかと期待に胸をふくらませた。

だが、刻々と時が過ぎても、キュロスが現れる気配はまったくなかった。アリスは勇気をふるい起こして家に戻り、ソフィアをさがした。

「キュロスは何時に帰ると言っていたの、ソフィア?」

そう尋ねたとたん、この家の不文律を破ってしまったのかとアリスは思った。というのは、家政婦はまるでアリスから若い愛人をさがしてくれと頼まれたかのような顔をして首を横に振ったのだ。

「いいえ、奥様。なにもおっしゃっていませんでした」

そこには、家の主人が自分のスケジュールを家政婦に相談するはずがないという含みがこめられているようだった。そして、妻にも相談するはずがないらしい。

だからといって、私は一日じゅう、ペットみたいに彼を待ってぶらぶら過ごすつもりはないわ！　アリスは荷物に入れてきた本を一冊持って、海岸へ行くことにした。愚かにも、本などこの先何週間も開くことすらないだろうと思っていたのに。

日焼け止めクリームをたっぷり塗って、つばの広い帽子をかぶる。それからソフィアに頼んで、氷を詰めたクーラーバッグに瓶入りの水を何本か入れてもらうと、昨日通った小道へ向かった。

しかし、今日はだれかがコインを指ではじいたかのように、すべてが違う感じがした。昨日と同じように泳ぎ、すばらしい海を満喫したが、気分が落ち着かなかった。持ってきた本の文字はぼんやりとした意味のない線にしか見えず、浜辺はこの世でいちばん寂しい場所になりそうで、自分が地球上にいるたった一人の人間のように思えた。

これから家に帰って、キュロスがまだ戻っていなかったら、どうすればいいのだろう？　ここには友人もいない。電話をかけたり、相談したりできるような相手はだれもいないのだ。アリスは熱帯植物園のガラスのドームに閉じこめられた蝶（ちょう）のような気分になった。

静かな青い水平線をじっと見つめていると、背後で物音が聞こえた。アリスは思わず胸を高鳴らせてうしろを振り返った。そのとたん、笑顔は驚きの表情に変わった。彼女が見たのは、岩の陰からこちらをのぞき見ている子供だった。

その大きな黒い瞳をした美しい女の子は五歳くらいで、黒い巻き毛に白いリボンを結んでいた。目元の表情にどこか見覚えがあるような気がしたが、その表情はすぐに消えてしまった。

「こんにちは」アリスは女の子に声をかけた。「ギリシア語の〝カリスペーラ〟よ」

「あたし、英語を話せるの」女の子は岩陰から出てきた。

「そうなの？　お利口さんね。私はギリシア語が話せるようになりたいわ」アリスは石の階段をちらりと見あげた。「あなたのママはどこにいるの？　きっと心配しているわよ」

「ママはいないの」

アリスは表情をやわらげた。「そう。じゃあ、パパは？」

「あなたはあたしのパパと結婚したんでしょう」女の子は一語一語はっきりと言った。

アリスは一瞬ぎょっとしてから、子供がよくするごっこ遊びをしているのだろうと考えた。たとえば、プリンセスになったり、妖精になったりするように。だが、〝オリンピア！〟と繰り返し呼ぶ女性の声が聞こえ、女の子が眉をひそめた。その表情、その目元は……。

「あなたのパパ？」アリスは言った。ロボットのように抑揚のない口調で。「だれがそう言ったの？」

「結婚式の日に、パパがあたしの叔母ちゃまに電話をしてきたの」

アリスはますます混乱した。だが、そのとき、キュロスがホテルに着いたときの記憶がよみがえってきた。車の中でのキュロスのようすも。彼のこわばった顔を見て、神経が高ぶっているのだろうかと思ったのだ。これはいったいどういうことなのだろう？

「オリンピア！」また女性が呼ぶ声がした。今度はもっと強い調子で。

「行かなくちゃ」女の子は階段の方へ向かいかけてから振り返った。「名前はなんていうの？」

「アリスよ」

「あたしはオリンピア」黒い瞳に訴えるような表情が浮かんだ。「パパに、すぐまた来るからって言ってくれる？」女の子はなにかを思い出そうとするかのように口ごもった。

「お茶の時間に」

8

「キュロスはまだ帰ってないの、ソフィア？」海岸から走ってテラスに戻ったアリスは、息を切らしながら尋ねた。カフタン風のドレスが汗だくのほてった体にまといついている。

「それとも、なにか連絡はあった？」

「はい、奥様。ちょっと足止めをくっているというお電話がありました。お帰りになるのは――」

「ありがとう、ソフィア」家の中から声がして、キュロスがテラスに出てきた。アリスの顔は帽子の広いつばの陰になっていたが、彼はその引きつった表情に気づいて言い添えた。「今日はもう帰ってくれていいよ。ご苦労さま」

「わかりました、旦那様。それでは、また明日まいります」ソフィアは早口で言うと、帰っていった。

アリスは考えをめぐらした。彼は妻にわかるように英語で家政婦に話したのだろうか？これまでのように妻に疎外感を味わわせないために。それとも、ほかの女性を追い払ったら、あの独特の魅力で私を自分の思いどおりにできると思ったのだろうか？　唇と愛撫だけで私を操れると。

頭が熱くなったので帽子をとると、アリスはキュロスを見つめた。上品な麻のスーツに涼しげに身を包んだ彼を、見知らぬ人のようだと思いながら。いや、見知らぬ人ではない。ただ、この瞬間ほど、彼を遠く感じたことはなかった。

私は彼のことを知らない。アリスは突然そう思った。彼のことはまったく知らない。たぶん、これまでもずっとそうだったのだろう。

「それで、あなたはいつ私に説明するつもりだったの、キュロス？」アリスはゆっくりと尋ねた。「それとも、話すつもりはなかったの？」

一瞬、間をおいてから、キュロスは大きく息をついた。「だれが言ったんだ？」

アリスはあきれた顔で小さく笑った。それは、窮地に追いこまれた男が口にする典型的な質問だった。浮気がばれたとき、男はたいていそう尋ねるものだ。だが、この場合はある意味でもっと悪いかもしれない。隠し子は愛人の存在よりもずっと耐えがたいのではないだろうか？

「だれが言ったかなんてどうでもいいわ。肝心なのは、あなたが私に話さなかったということよ」

「しかし、たかが金のことじゃないか！」キュロスは声を荒らげた。「それに、買ったのは先月の話だ」

　アリスは黙りこんだ。私は頭がおかしくなったのだろうか？　いや、これは、異なる母国語を持つ二人のコミュニケーションがうまくいっていないというだけにすぎない。

「買ったってなにを？」アリスは低い声で尋ねた。「私はあなたが話してくれなかったお嬢さんのことを言っているのよ。あなたはなんの話をしているの？」

　キュロスがはっと息をのむのがわかった。次の瞬間、彼は顔を曇らせ、目をつぶった。再び開けたとき、黒檀のような瞳にはなんの表情もなかった。「今度の僕の質問が妥当なことは、君もわかってくれると思う。どうやってオリンピアのことを知ったんだい？」

　アリスの中には、キュロスが否定することを願う愚かな部分が少しはあったのかもしれない。彼がのんびりした口調で、いつも近所の子供からヒーローのように見られていてね、と言うのではないかと。そんなふうに言われたら、ふだんのアリスならあっさり信じただろう。彼は小さな女の子が偶像視する類の男だ。

　だが、アリスは実際にオリンピアの顔を見ていた。あの目元の感じと、眉をひそめたときの表情を。オリンピアの黒い瞳の中には苦悩と混乱が見えた。少女は空想話をしていたのではない。そして、ここに立っているキュロスの口からも、自分に娘はいないという言葉は出てこない。

「オリンピアが自分で私に言ったのよ」

「あの子がここに来たのか？」

「いいえ、海岸で会ったの。目が覚めると、あなたが黙ってどこかへ行ってしまっていたから、泳ごうと思って海岸へ行ったら……。あの子はだれなの、キュロス？　それより……母親はだれ？」

アリスの顔は紙のように真っ白だった。もともと大きな目がいつにもまして大きく見える。キュロスは突然、彼女が気を失うのではないかと心配になった。「座るんだ、アリス」

「座りたくないわ」

「君はテラスで立ったまま向き合って、僕に話をさせたいのか？　戦闘態勢に入っている敵どうしのように」

「だったら、あなたはどんなふうに私に話そうと思っていたの？」アリスはぴしゃりと言い返した。目の奥が熱くなり、今にも涙があふれそうだった。でも、キュロスの前で泣くわけにはいかない。ぜったいに。「あなたはベッドでいろいろ手ほどきすれば、私が従順になると思っていたんじゃない？　すばらしいセックスを味わわせれば、どんなことをしても罰を免れると高をくくっていたのよ。ちょっとキスして、やさしく撫でてやれば、なにを言ってもかわいいアリスは受け入れるだろうと」

「僕を侮辱するんじゃない！」

「あなたを侮辱する？　とんでもないわ」アリスは首を横に振ったとたん、うしろで編みこんだ髪からほつれ毛が飛び出しているのに気づいた。暑さで汗びっしょりになって石の階段を駆けあがり、家に戻ったときにはすっかり頭が混乱していて、髪どころではなかったのだ。「私にお説教なんかしないで、キュロス。あなたはそんなことができる立場じゃないのよ！」

「座るんだ」キュロスはなおも繰り返した。

彼の強い口調に逆らえず、いや、膝ががくしていてそれ以上立っていられず、アリスはクッション付きの籐椅子にどさりと腰を下ろした。つい昨日、星空の下で、花の香りと、静かなギリシアの夜と、夫となった男性の頼もしいまなざしにうっとりしながらここで食事をしたとは、なんと皮肉なことだろう。それはすべて作り物だったのだ。

「それで、どこから話を始めるの？」アリスは言った。「あなたのように世間では魅力的な人物で通っている人でも、こういうことに関して言い逃れはむずかしいと知るべきよ」

彼女は唇を噛んだ。「それとも、いっさい話さないつもり？」

「だれだって自分のしてきたことをあとから振り返って疑問を持つことはあると思わないかい？　君自身はそんなことはないというのか？　自分のしてきたことは完璧だったとでも？」キュロスはアリスを見つめ、答えが返ってこないとわかると、かぶりを振った。

「イギリスで君と別れたとき、僕はあれでよかったんだと心から思った。自分の両親の結婚がうまくいかなくなるのをずっと見ていたからね。仲間の中でそんな経験をしたのは僕一人だった。それだけじゃない。母親が大きな社会的タブーを犯して家を出ていくのも見た」

彼はみんなに隠していたのに、そう、双子の弟にさえも打ち明けなかったのに、どうして私にその苦悩を話すのだろう？　母親に見捨てられ、混乱した二人の少年は、ともに自分の中に引きこもってしまった。なぜ母親が息子たちを置いて、ちらりと振り返ることもなく恋人のもとへ去ったのか、理解できなかったのだ。

キュロスの黒い瞳が急に冷たくうつろになった。「うまくいくのは、この島で育った者どうしの結婚だった。僕はそういう結婚がうらやましかったんだ。僕が求めていたのは、家族らしい家族だった。夫や子供たちのためにテーブルに食事を用意する母親だ。いたずら盛りの男の子二人をほったらかしにして、地元のレストランでウェイターの気を引くのに忙しい養育係(ナニー)なんかいらない。もしかしたら、あまりに短絡的に結論を出してしまったのかもしれないが、僕はいつかここに帰ってきたら、この島の女性と結婚しようと決めたんだ」

「いろいろな女性とつき合ったあげくに？」

キュロスにはアリスがまなざしで必死になにかを訴えているのがわかった。しかし、彼女に真実を伝える義務はない。同時に、彼女を真実から守ることもできない。

「ああ、もちろんだ。イギリス人の花嫁は僕の計画にはなかった。まして、あんなに若いうちに結婚しようとは考えてもいなかった。僕はロンドンを離れて、アテネで暮らしはじめた。そこで不動産に投資して――」

「大金を手にしたってわけね」アリスの頭の中ですべてがつながった。自家用ジェット、高級スポーツカー、大きな屋敷。空港に出迎えに来ていた男たちは、うやうやしく彼に接していた。私ときたら、それでも察しがつかなかったなんて、間抜けにもほどがある。あるいは、彼が私に知られたくないことをうすうす感じて、あらゆる兆候を見て見ぬふりをしていたのだろうか？

「そうだ」キュロスの黒い瞳が鋭く光った。「それで、時機を見て……カルフェラで暮らそうと戻ってきた」

結婚適齢期のハンサムなギリシアの億万長者が戻ってきたときの島の女性たちの興奮ぶりが、アリスには容易に想像できた。それはさながら、ジェーン・オースティンの小説に描かれているようなありさまだったことだろう。「それで、なにがあったの？」

一度ならず二度までもひどく傷つけた私に、キュロスはどういう説明をするのだろう？現実が彼の期待にそぐわなかったとでも？理想の女性は存在しなかったとでも？彼はすべてを求めた。カルフェラで育ち、同じ言語を話し、同じ価値観を持ち、それでいて、彼がベッドをともにしたヨーロッパの女性のような垢抜けた都会的なセンスも身につけた相手を。

、「カタリナという女性を紹介されて――」

「それがオリンピアのお母さんなのね？」

「ああ」

アリスは息をのんだ。「どんな人なの？」

キュロスは時制を訂正しなかった。今はまだ。子供の母親がアリスとは正反対のタイプだったことを、どういうふうに話せばいいのだろう？　彼女はそこからどんな結論を引き出すだろうか？「彼女は生粋のギリシア人で、とても美しかった」

「それじゃ、ずっとさがしていた女性を見つけたのね、キュロス？」アリスはそう言いながら、声や顔にうっかり苦悩の色をにじませてしまってはいないかと気になった。

キュロスはうなずいた。「しばらくの間はそう思えた。だがそのうち、二人の関係はうまくいかなくなるだろうとわかった。それで僕は、彼女にそう伝えた……」

キュロスの声はしだいに小さくなっていった。カタリナがひどく落胆したかどうかは尋ねるまでもない。キュロスのような男性に別れを切り出されて、呆然としない女性がいるだろうか？　おそらく、彼のせいで傷心をかかえた女性が世界じゅうにいるだろう。

「それで、どうなったの？　どうして彼女は妊娠したの？」そう尋ねてから、アリスはうろたえた。「私ったら、ばかなことをきいて。当たり前のことなのに」

「そのいきさつを話すよ」キュロスは静かに言った。「二人の関係が終わると、カタリナは島を出ていった。そして、一年後に戻ってきたとき、赤ん坊を連れていた。僕の子供だった」

アリスは彼を見つめた。「彼女が妊娠したことは知っていたの？」

「もちろん、妊娠していたなんて知らなかった！」キュロスはむっとした顔で言った。

「予定外のことだった」

「過ちだったというの？」

「僕はカタリナを妊娠させるつもりはなかったと言っているんだ」キュロスは慎重に言った。

「でも、子供ができた？」

キュロスはいらだたしげにかぶりを振った。「責任のなすり合いは意味がない。ましてや今となっては。女性が妊娠しようと決めたら……実際なんとしてでも妊娠するだろう」

「そういう状況では、大変な決意だったんじゃないかしら」アリスはキュロスを見つめた。今では見知らぬ人を見ているような気がした。彼はほかにどれだけの秘密を私に隠しているのだろう？「それで、どうしたの、キュロス？彼女は今、どこにいるの？」

「僕はその状況でできる唯一のことをした。彼女に結婚を持ちかけたんだ」

アリスはキュロスがしつこく座るように勧めてくれたことに感謝した。結婚という言葉を聞いたとたん、足元にくずおれただろうから。「あなたは以前結婚していたのね？」彼女はささやくような声で尋ねた。

キュロスはもどかしげに首を横に振った。「公的書類には僕たちの結婚の前の記録は残っていなかったはずだというんだろう?」

アリスは彼に〝僕たちの結婚〟などという言葉は使ってほしくなかった。こんな見せかけの結婚に。そう、私は彼の便宜のために利用されたのだ!

「そんなこと、私が知るわけがないわ」アリスの声は震えていた。「あなたにはお金でそういう項目を削除するくらい簡単にできるでしょうから」

黒い瞳が刺すようにアリスを見た。「君はそんなふうに考えているのか?」

「そうじゃないの? あなたはこれまでも、なんでもできることを私に見せつけてきたわ」アリスは肩をすくめた。ずっしりとのしかかっている鉛のような重みを払いのけるかのように。「それで、どうなったの? そのあとのことを聞きたいわ」

キュロスは、そんなに容赦なく僕を断罪しないでくれと言いたかった。それから、今ここで唇を重ねて、アリスに心の傷や苦悩を忘れさせ、キスに没頭したかった。しかし、アリスのまなざしには、彼を寄せつけまいとするかたくなさが感じられた。彼女の顔は、話の続きを聞こうと待つ緊張感と覚悟に満ちていた。

「僕は自分の義務を果たしたかった。カタリナに対して、オリンピアに対して。こういう狭い地域社会では、婚外子を持つと、みんなから白い目で見られる。だから僕は結婚を申しこんだんだ」

アリスは喉がつまりそうになった。義務とは憎むべき言葉ではないだろうか？　そのとき、頭の中で嘲笑うような声がした。便宜上の結婚は義務による結婚より劣るものではないの？

思い出をたどっていくうちに、キュロスの胸にはあの恐ろしい悲劇が生々しくよみがえった。彼はすばやくアリスに背を向け、木の幹からこぼれる光を見つめた。

「結婚式が目前に迫っていたときだった」キュロスはそこで言葉を切った。いくら感情をあらわにすまいとしても、その衝撃は今もやわらいでいなかった。彼は拳を握った。「結婚式の二日前の夜、カタリナは車の衝突事故で亡くなったんだ」

アリスは恐怖のまなざしでキュロスを見つめた。まだ人生が始まったばかりの若い母親がいきなり命を奪われたのだ。悲しみのあまり、体が震えた。

「キュロス……」彼女は大きく息を吸った。「なんて、むごい」

キュロスはアリスの方に向き直った。深い同情をたたえた彼女の表情を見た瞬間、腕の中に抱き寄せたくなった。彼はアリスに慰めてほしかった。自家用ジェットの中でしてくれたように、髪を撫でてほしかった。あれは真の安らぎが得られた瞬間だった。だが、気がつくと、アリスの瞳に浮かんでいた同情の色は消え、冷ややかなまなざしに変わっていた。

「ああ」キュロスは言った。「彼女にとっても、オリンピアにとっても、むごく痛ましい出来事だった。もちろん、カタリナの両親にとっても」

「あなたは……赤ちゃんを引き取って、一緒に暮らさなかったの？」

キュロスはうなずいた。「ギリシアの習慣では、それはありえない。とくに結婚式を挙げる前では。それに、僕はあちこち飛びまわらなければならない生活だったから、オリンピアのそばにいて、毎日世話をするのは無理だった。オリンピアと一緒に住んでくれるカタリナの両親と妹がいたのが、せめてもの救いだったんだ」

衝撃的な事実を次々に聞かされて、しだいに感覚が慣れてきたのだろうか？ それとも、もはやキュロスのことも彼の目的も信用できなくなったのだろうか？ アリスは静かに尋ねた。「でも、なにか変化があったのね？」

キュロスは目を細めた。アリスはそんなに直感が鋭かっただろうか？「そうなんだ」彼は苦しげに言った。「カタリナの妹は近々結婚する予定だし、両親はだいぶ年をとってきている」

「そこで、子供の親権の申し立てをするには、きちんとした家庭があるほうが有利になると気づいたわけね？」アリスは言った。「そうなんでしょう？」

キュロスはアリスがなにを言いたいのかわかった。こういう状況では、それも無理からぬことだ。「必ずしも全面的な親権を求めているわけじゃない。オリンピアをこれまで育った環境から引き離すつもりはないんだ。ただ、あの子にもっと頻繁に会いたいと思っている」

「それには好都合よね」アリスはゆっくりと言った。「妻を連れて故郷に帰ることは」

「そんなつもりじゃない」キュロスは声を荒らげた。

「そうかしら？　だったら、ここに私を連れてくるまでのいきさつをどう説明するの？　だいいち、これまでこのことをなぜ一言も話さなかったの？　話してくれれば、少なくとも私もこの問題について自分の意見を言えたわ。私も結論を出すのにかかわったという気持ちになれたでしょうね。既成事実を突きつけられるだけでなく。どうして本当のことを話してくれなかったの、いちばん初めに？」

「こんなことになるとは思っていなかったんだ」キュロスは低い声で言った。「君のところで一晩だけベッドをともにするつもりだった」

アリスは気を失いそうになった。そういうことだったのだ！「それで？」

アリスは本当のことを知りたがっている。だったら、洗いざらい話してやろう。「だが、一晩では足りなかった」

あの夜、キュロスは、十年前にイギリスを離れたときに手放したものをまざまざと思い出した。同時に、欲望を刺激された。ただ、二人にとってはすでになにもかも手遅れではないかと思っていた。アリスとの間にかかる橋の下には細い流れではなく、大海が横たわっているのだ。だから、すべてを味わい尽くして、再び彼女にさよならを告げるつもりだった。

あのあと、どうしてパリ旅行の話がすらすらと出てきたのだろう？　行き着く先は当然わかっていたはずなのに。

「僕は君に嘘の約束はしなかったはずだよ、アリス」キュロスは言った。

アリスは息をのんだ。その一言で、キュロスは刺したナイフをさらにぐいとひねったも同然だった。彼女の心の痛みは耐えがたいものになった。だが、キュロスの言うことは当たっている。彼は嘘はついていない。私を愛するとも、私がいなくては生きていけないとも言っていない。私が想像していた未来を言葉にしただけだ。かたわらに活力に満ちたギリシア人のいない、味けないわびしい未来を。彼は、こんな機会をふいにするのは愚か者だけだと言った。だが本当は、愚か者だけがまんまと引っかかるのだ。少なくとも私はそうだったのではないだろうか？　彼の言葉をすっかりうのみにしたのだから。

だが、あの未来図は今も鮮やかに胸に刻まれている。

「あなたはさっき言っていたわね」記憶をたどるように、アリスはわずかに眉根を寄せた。「買ったのは先月だって。あれはなんのことだったの？」

重大な秘密が明るみに出た今、先月買ったものなどたいして重要ではなかった。キュロスは淡々と言った。「最近、カルフェラの銀行に関する契約が成立した。銀行を買ったんだ」

「銀行を買った？」アリスは信じられない面持ちで繰り返した。

「そうなんだ、アリス。僕は銀行を持っている。それと、島の不動産の大半を」キュロスはそっけなく笑った。「なぜ僕がそのことも言わなかったか知りたいかい？　習慣なんだ。自分の財力を控えめに言うのが習性になりつつある。金や富によって見当違いの女性を引き寄せてしまうから」

奇妙なことに、その言葉は、キュロスがこれまで打ち明けたことと同じくらいアリスを傷つけた。彼に財産などなかったときにも、私は彼を愛していたことに気づいていないのだろうか？　彼女はゆっくりと尋ねた。「あなたは私を信用していなかったんじゃない？だから、そういう話をしなかったのよ。私が本当はあなたのお金に関心があったかのように」

「それは違う」キュロスはきっぱりと言った。

「いいえ、図星のはずよ」

「今、すべてを明らかにしたじゃないか」キュロスはアリスに言い聞かせるように言った。

「君もこの結婚の利点はわかるはずだ」

「私たちの奇妙な偽りの結婚のこと？」

キュロスはいらだたしげに首を振った。「考えてごらん、アリス。よくよく考えてみるんだ。確かに君にはずっと僕の資産のことは隠していた。だが、それによって、君が僕の財産目当てに結婚したわけじゃないことだけははっきりした」

「つまり、私は知らないうちにテストに合格していたってこと？」アリスは強い口調で尋ねた。

「そこまでは言ってない。まして、君は今やその富の恩恵を享受しているというのに」

「どういう意味かしら？」

「僕の生活には女性が必要なんだ」キュロスは言葉を選ぶようにして言った。「僕の欲求を満たしてくれる相手は、君をおいてほかにはいない。昔も今も」

「ご立派なキュロス・パヴリディスの貴重なおほめの言葉を、ありがたく思わないといけないのかしら？」アリスはそう言い返すと、唇を噛んで涙をこらえた。「だいいち、それで私にどんな得があるの？」石でできたハートを持つ計算高い男に恋心を抱いても、なんにもならない。

「どんな得があるか、これから話すよ。君は僕の財力でまかなえる範囲で、なんでも好きなことをするといい。昨日のような過ごし方を毎日できるんだ。どんなにのんびりして、気楽だったか、覚えているだろう？　僕は自家用ジェットのほかに船も持っている。ヘリコプターもあるから、島から島へ飛ぶこともできる」彼は唇をゆがめて笑った。「それを考えてごらん。もうこつこつ節約してお金をためたり、やりくりをしたりしなくてすむ。

欲しいものはなんでも手に入るんだ、アリス」

そう、キュロスの愛以外は。アリスは心の中でつぶやいた。だが、今もなおそれを求めているのか、確信が持てなくなった。

アリスはキュロスを見つめた。彼を見るときにいつも感じる胸のときめきを確かめたくて。しかし今、それを感じることはできなかった。彼を見ることはまったく新しい経験だった。いかめしい顔、黒オリーブよりもっと黒い瞳。その印象は以前のキュロスのままだ。セクシーで軽やかなアクセントに特徴があるなめらかな深い声も変わらない。肉体的には、ほかの男性には抱いたことのない欲望を今でも感じる。

けれど、なにかが変わった。それは自分の中のなにかだ。アリスにとって、今やキュロスは見知らぬ人だった。これまで知らなかった彼の生活や財産を知ったことで、以前の彼とは別人に思える。あの屈辱的な提案も、以前の彼だったら考えられない。あれは要するに、私が彼にセックスを提供し、そのかわり彼が私にお金を与えるということだったのだ！　彼は厚かましくも私の実家にやってきて、私のドレスに売春婦のようだと文句をつけた。だからこうして私を売春婦のように扱うのだろう。

昨日はまったく違った。申し分なくすばらしい気分だった。想像していたとおりの、まさにハネムーンにふさわしい気分だった。ただ、新しい一日の幕開けに、不愉快な事実を思い知らされることになった。年老いたとき、これまでの生活がまがいものだったと気づくはめになるという事実を。

アリスは無表情でキュロスを見あげた。「それだけ？　これで、秘密はすべて明らかにされたのかしら？　それとも、ほかにもまだ私に話したいことがある？」

「いや、もうない」アリスの姿はあまりに弱々しく、一陣の風で吹き飛ばされてしまいそうに見えた。二人を包む空気がこんなに暑くてよどんでいなければ。

キュロスは射るようなまなざしで、アリスの蒼白な顔を見つめた。それからさっと視線をはずすと、家の中に入り、冷たい水の入った瓶とブランデーらしき飲み物が入ったグラスをのせたトレイを持ってテラスに戻ってきた。

「さあ、これを飲んで」

「欲しくないわ」

「飲むんだ。君はショックを受けている」

「そうかしら？」アリスは弱々しく言い返したものの、震える手でグラスを取ると、やっとの思いで唇まで運んだ。そして、ほんの一口飲んだ。やはりブランデーだったが、アリスが知っているものではなく、ギリシアのブランデーだった。その強い液体は焼けつくような感覚を残して胃に落ちていき、それから、嘘のような落ち着きをもたらした。

アリスはグラスを置き、爪先に視線を落とした。きらきらと輝く爪は、美容師と結婚式の相談をしたときにピンクに塗ってもらったのだった。思えば、イギリスであのいい香りの漂う美容院の鏡の前に座っていたときから、心に疑念がわいていたのかもしれない。でも、こんなことになろうとは夢にも思わなかった。

キュロスは手すりの方に歩いていき、霧にかすむレモンの木や光を反射するプールや、その向こうにさらに強い光を放って輝く海を見つめた。それから向き直ると、その場から動かないアリスの方を見た。彼女は彫像のように身じろぎもせず、足元を見つめていた。

「アリス？　お願いだから、なにか言ってくれ」

アリスは顔を上げた。心が氷のように冷たくなり、不安がつのっていた。もうここにはいられない。彼女はまともにものが考えられなかった。キュロスの浅黒い端整な顔やたくましい体から離れる必要がある。女性の抵抗する力を奪ってしまう鋭いまなざしからも。

この場に崩れ落ちないうちに、彼のもとから走って逃げ出すのだ。アリスは立ちあがった。「なにも言うことはないわ。もう十分話し合ったと思わない？」

キュロスはアリスの方に一歩踏み出した。「アリス」

だが、アリスは心を閉ざしていた。「触らないで。私を一人にして」

アリスは本気だった。キュロスは、彼女が震える手で帽子の広いつばをつかんでぐいと引きおろすのを見ていた。顔がつばの陰に隠れた。「どこへ行くつもりなんだ？」

「さあね。秘密よ！」アリスは皮肉をこめて言うと、キュロスのはっとした表情を見て一瞬喜びを感じた。それから彼に背を向け、太陽の照りつける庭へと続く階段を駆けおりた。

9

アリスは家が見えなくなるまで走りつづけたが、ぎらぎらと太陽が照りつける埃っぽい道路で急に足をとめた。町はここから何キロも離れている。そして、車はない。そもそも、ほとんどなにも持っていない。夏物の衣服が詰まったスーツケースとパスポート以外には。

また海岸の方に下りていくわけにはいかないので、庭の反対側にまわり、さっき座って足を水につけていたプールへ行った。咲き誇る花の陰にあった椅子にどさりと腰を下ろすと、キュロスにだまされていたと知ったときからこらえてきた涙がどっとあふれ出た。

私は囚われの身なのだ。

考えうる限りの贅沢品に囲まれたギリシアの億万長者の家にいるのかもしれないけれど、キュロスの許可なしにはどこへも行けない。自家用機で飛び立つことも、港に停泊している豪華なヨットで海に出ることもできず、決して島を離れられないのだ。そういえば、一日に数便、本土へ行くフェリーがあると彼は言っていた。旅行者のふりをして、それに乗ることはできそうだ。

ただ、そのフェリーは聞いたことのない港に寄港するうえに、私はギリシア語が話せない。それに、イギリス行きの飛行機の便の手配をするのは気が重い。イギリスに帰る手段を見つけるのはもちろん、スーツケースに荷物を詰める気力すら失せている。すべてのエネルギーはあの事実を知ったときの強烈な不快感で消えてしまったようだ。

私は豪華な牢獄に閉じこめられているようなものなのだ。

アリスは両手で顔をおおって泣きだした。これまでこんなふうに泣いた記憶はない。熱くて塩辛い涙が無残に打ち砕かれた夢のかけらを洗い流していくようだった。彼女は涙が涸れるまで泣いた。すすり泣きがおさまると、しゃくりあげながら息を吸った。それでようやく、この先どんな選択肢があるのか考えられるようになった。

泣きはらした目をこすり、海を見つめる。選択肢は二つしかない。行くか、とどまるかだ。

こんなことがあって、ここにとどまることなどできるだろうか？

信用できない相手と人生をともにするのは耐えがたい。けれど、イギリスに戻ることを思うと、同じくらい苦痛を感じる。人に会って、ここであった出来事を話すことに耐えられるだろうか？　いつのまにか舞い戻った私に向ける同情のまなざしに我慢できるだろうか？　まるで初めからなかったように真新しい結婚指輪がはずされた手を目にしたら、人は困惑して、そのことに触れようとしないか、なにがあったのか根掘り葉掘りきくかのどちらかだろう。

そして、両親はなんと言うだろうか？　〝だから言ったのに〟には、何とおりの言い方があるのだろう？　感情を高ぶらせたまま帰国して、両親を悲しませたり、心配のあまり病気にさせたりすることはできない。それなら、キュロスが明らかにしたこの結婚の苦い現実に慣れてから、戻ったほうがいいのではないだろうか？

ぼんやりとそんなことを考えながら、太陽がゆっくりと動いていくのを眺めているうちに、喉が乾いているのに気づいた。いつまでもここに座っているわけにはいかない。さっき私が知った事実の結果と向き合わなければならないのだ。

アリスはまっすぐキッチンへ行った。幸い、だれもいなかった。大きなグラスに水を二杯飲むと、だいぶ気分がよくなった。アリスは音をたててグラスを置いた。その音を聞いたら、キュロスが現れて、せめて良心の呵責を感じているそぶりくらいは見せるだろうと思ったのだ。しかし、彼は現れず、アリスの怒りはさらにつのった。

二階へ駆けあがると、バスルームに入って鍵をかけ、脚のむだ毛を剃ったり、顔にパックをしたりして、一時間以上過ごした。我が身の不幸を嘆く気持ちと、怒りをぶつけようにも姿を現さないキュロスへの腹立たしさが交互に襲ってきた。

彼は気にもとめていないのだろうか？

もちろん、なにも気にしていないのだ、あの冷血漢は！　彼は自分に必要なものにしか関心がない。自分の必要を満たすために、どれだけ私の感情を踏みにじっているかなんてまったく頭にない。

キュロスがスラックス姿が嫌いだということを承知のうえで、アリスはわざと涼しげな白い麻のワイドパンツをはき、黒いベストを着た。それから髪を乾かし、自分でできる最も複雑なスタイルに結いあげた。キュロスは髪をうしろに垂らしているのが好きだったはずだ。彼がこの髪型をどう思うか、見てみよう！

だが、寝室に戻ったアリスは、びっくりして飛びあがった。窓際の長椅子にキュロスが腰を下ろしていたのだ。シャワーの音で彼が部屋に入ってきたのに気づかなかったのだろう。だいいち、彼は二人の寝室には近づかないと思っていた。ここではなく、階下で顔を合わせるものとばかり考えていた。夫婦の寝室はあまりに親密すぎる。

キュロスの黒い髪はくしゃくしゃで、浅黒い肌は汗で光っていた。まるで、外を歩いてきたかのように。襟元が開いた薄手のシャツと色あせたブルージーンズに身を包んでいる。皮肉っぽい雰囲気を漂わせたハンサムな顔には、怒りらしき感情はみじんも感じられなかった。

「まだここにいたんだな」キュロスはからかうように言った。

「どうすると思ったの？」アリスは憤然と言い返した。

目の前にいるのは喧嘩(けんか)をしようと待ち構えている女性だった。キュロスは突然、欲望を感じた。

「あんなふうに出ていったから、てっきり今ごろはイギリスへ向かっているかと思ったよ」

「あら、それを実行するのはとても大変なことだと思わない？　あなたの許可がなければ、島を出ることはできないんだから！　事実、島で唯一の飛行機はあなたが持っているのよ。それで私はここで足止めをくっているの。そうやってあなたは、手に入れたものをすべて思いどおりにしようとしているんだわ。私のことも含めてね」

「そもそも、君は僕の飛行機を使いたいなんて言ったかい？」キュロスはのんきな口ぶりで尋ねた。

アリスはキュロスの頬に思いきり平手打ちをくらわせたかったが、また同じ道をたどることになると思い、踏みとどまった。キュロスが欲望を感じているのが伝わってくる。だが、彼が求めているのは私ではない。単なるベッドの相手なのだ。女性ならだれでもいいに違いない。たまたま私は法律で認められている、彼にとって都合のいい妻というだけにすぎない！

「あなたの飛行機を使わないで、私はどうやって帰ればいいの？」アリスは強い口調で言った。

キュロスは腕時計に目を走らせた。「そうだな、パイロットはもうすぐ夕食の時間だが、君がどうしてもと言うなら、彼に夕食を遅らせてもらってもいい。ただ、明日の朝のほうが――」

「私の言っていることがわからないふりをするのはやめてくれる、キュロス？」アリスはますますいきりたってキュロスの言葉をさえぎった。自分の新妻が屈辱を受けてうろたえていることより、パイロットの胃袋のほうを心配する夫がどこにいるだろうか？

「僕にどうしろというんだ？」

「私はイギリスに戻れないと言っているの」アリスは言った。「新婚生活が二日で終わってしまった私こそ、どうすればいいのかしら？　フラットは人に貸してしまったし、職場には辞表を出してしまった。必死に働いて得たキャリアは跡形もなく消えたのよ」彼女はかぶりを振った。「私の上司は、嵐のようなロマンスの果てに人里離れた島へ行くと聞いて、私のことを完全に頭がおかしくなったんじゃないかという顔で見ていたけど、彼女の目は正しかったわ！」

かつての生活を軽い気持ちで手放したことを思い、アリスは泣きたくなった。私はキュロスを求めていると心から確信していたのだ。そして、私が求めるものを彼が与えてくれると思った。だからこそ、それまで苦労して手に入れたすべてをなげうつ覚悟をしたのだ。

もっとも、少し冷静になって考えてみると、キュロスと結婚する以外、ほかになにができただろう？　二人が将来をともにできるかどうか試す方法はほかになかった。彼はギリシアの小島、私はウエスト・ロンドンにいては。若いころにつき合ってキュロスを知っているつもりになっていたけれど、今思えば、なにも知らなかったのだ。たぶん、昔からわかっていなかったのだろう。

私には人を見る目がないのかもしれない。いや、そうではなく、長いこと薔薇色の眼鏡を通して世界を見ていたのだ。そろそろきっぱりとその眼鏡をはずさなくては。

今までキュロスのことを、都合のいい妻を求めているだけの傲慢な冷血漢だと考えることをあえて拒否してきた。そのかわり、こうあってほしいというイメージに彼を当てはめようとしていた。愛情深い、いちずな男性というイメージに。

だが、愛情深い、いちずな男性が十年ぶりに現れて、一夜限りの関係を迫ったりするだろうか？

大事にされ、尊重されたいと願う女性がそんな誘いに飛びつくだろうか？

「今戻ったら、私の両親は心配のあまり病気になりかねないわ」アリスは憤然として言った。「私には収入もなければ、自分の家もない。でも、借家人が出ていくまで、実家に身を寄せるのはぜったいにいやなの」もっとたまらないのは、夢が破れた私に向ける両親の哀れみに満ちたやさしい表情だ。そうしたことと向き合わなくてはならないと思うと、胸が痛くなる。「イギリスに帰ったら、ばかみたいに思われるわ。だからここにいなければならないの。少なくとも騒ぎがおさまって一段落するまで。どうせみんなすぐに忘れるでしょうから」

それを聞いたキュロスは、なぜか不愉快になり、腹を立てた。それが彼女のおもな関心事なのか？　くだらない自分の評判が？「それじゃ、君が僕の家にとどまるのは、単に自分のプライドのためだってわけかい、アリス？」

「いいえ、自尊心よ」アリスは言い返した。

「それは、女性が本当はしたいことをやめる理由に使う言葉だ。僕の経験ではね」キュロスはゆっくりと言った。

「女性に関するあなたの経験がいかに豊かかは、みんなが知っているわ！」

「それをほめ言葉と受け取る男もいるんじゃないかな、アリス」

「言っておくけど、そんなつもりはまったくないから」

キュロスは攻撃的になっているアリスが好きだった。欲望がわきあがるのを感じ、女性が喜んで従うやり方でアリスをおとなしくさせようかどうしようか考えた。だが、今の彼女からはセクシーなメッセージは感じ取れない。

アリスは昨日とはがらりと変わってしまった。昨日はあのあでやかなカフタン風のドレスや、体のあらゆる曲線にぴったりと張りつく水着を着て、顔を輝かせて華やかに笑っていたのに。そのとき、結婚指輪をはめた彼女をこの島に連れてきた理由が、キュロスにははっきりとわかった。

それが今日、アリスの顔は青ざめて、唇は小刻みに震えている。髪は、最高の美点を隠すようなスタイルに結われている。そのうえ、美しい脚をおおうボーイッシュなワイドパンツをはき、彼女のよさを少しも引きたてない安物のベストを着ているとは。僕だってばかではない。アリスがなぜそんな格好をしているのかはわかっている。僕を罰するために、わざとそういう服を選んだのだ。キュロスは唇をゆがめて冷ややかな笑みを浮かべた。彼女は服を盾にして、僕の欲望を阻止しようとしているのだろうか？

「夕食を食べるかい？」彼は尋ねた。

「おなかはすいてないわ」

キュロスは肩をすくめた。「好きなようにするがいい。だが、病人のように、食事をトレイにのせてここまで運んでもらおうなどとは考えないことだ。君は病人じゃないんだから」わなわなと震えるアリスの唇を、彼はちらりと見た。「意地を張ってひもじい思いをしたところで、なんのごほうびももらえないよ」

キュロスが豹のような優雅さで窓際の長椅子から立ちあがり、ドアの方へ向かうのを、アリスは呆然と見つめていた。それだけなの？　これで話は終わり？

「あなたが言おうとしたことはそれだけ？」

「いや、言いたいことはまだ山ほどある」キュロスは静かに言った。「しかし、今はそれを口にするのにふさわしいときじゃない」

そしてキュロスは、いきりたつアリスを残して部屋を出ていった。二分後、アリスがドアを細く開けると、彼がソフィアに話しかける声が聞こえてきた。音楽が流れ、ナイフやフォークや食器の触れ合う音に混じって、コルクをぽんと抜く音がした。しばらくすると電話が鳴り、キュロスがあの深みのある低い声で笑いながら話すのが聞こえた。夜のこんな時間に彼を笑わす相手とはだれなのだろう？

それも、私がこんなところに一人ぽつんとほうり出されているときに。

アリスは持ってきた小説を五ページ読んだが、一語も頭に入らず、読むそばから忘れてしまった。最後に食事をしてからもう何時間もたつので、おなかがぐうぐう鳴っている。こっそり階下へ行き、食べるものを頼んで面目を失うのはいやだ。もっと悪ければ、傲慢で秘密主義者のキュロスとテーブルをはさんで座るはめになるかもしれない。そんなことになったら、食べ物が喉につまってしまうだろう。

アリスはスーツケースの底に押しこまれていたミントキャンディの小さな箱を見つけ、数粒なめた。その間もずっと、キュロスが現れるのではないかとびくびくしていた。彼に投げつける言葉は考えてあったが、彼の反応を想像すると怖くなった。

結局、真夜中近くなって、ようやくキュロスは寝室にやってきた。ベッドでうつらうつらしていたアリスは、ドアを開ける音を聞き、あわてて起きあがった。彼は小さくあくびをしながら入ってきた。眠いのだろうか。それなら、思ったよりすんなり話がつくかもしれない。

「キュロス……これからどうやって寝るかについて話し合うべきじゃないかしら」

キュロスはベッドわきのランプをつけると、アリスの方を向いた。「話し合うことなんかあるかな？」

「あるに決まっているでしょう。私たちは一緒に寝ることはできないわ……ここで」アリスの頭に昨夜の二人のエロチックな姿が浮かんだ。彼女は毒蛇を追い出すかのように、自分の隣のあいているスペースをたたいた。

キュロスはシャツのボタンをはずした。「どうしてだい？」

「だって……」私の目の前で服を脱がないで。アリスは心の中で懇願した。「わかっているはずよ、キュロス」

「いや、わからないね。ちゃんと言ってくれないか」キュロスはゆっくりと言いながら、ジーンズのファスナーを下ろしはじめた。

アリスは息をのんだ。「あなたとセックスをしたくないの。それが理由よ！」

「君は嘘つきだ、アリス」キュロスは穏やかに言った。「今すぐ僕と抱き合いたいくせに。そうだろう？　すでにその準備はできている。今、そこへ行って、いきなり君を抱いてもかまわないはずだ。賭けてもいい。パリへ行く前、君のフラットの床で愛し合ったときのように」

「あなたって最低の男ね！」

キュロスは肩をすくめた。「僕と結婚する時点で、そんなことはわかっていたはずだ。どうしてもいやなら、まともな男と結婚すべきだったんじゃないかな？」

アリスは不意討ちをくわされたような気がして、かっとなった。これでは筋の通った話し合いはできない。「とにかく……そこのソファをベッドにしておいたわ」そう言って、シーツのかかったソファを指さした。その上には、リネン棚から見つけてきた枕二つと上掛けが置かれている。彼女はわざとらしくにっこりした。「とても快適そうよ。そこでゆっくり眠れるんじゃない、キュロス？」

キュロスは脱いだジーンズをボクサーショーツと一緒に椅子の背にかけた。「いやだね」

アリスは説得しようと口を開きかけたが、目の前には理屈など通用しなさそうな断固とした表情のキュロスの顔があった。そのうえ、彼は裸だった。そして、すでに危険な気配を漂わせていた。

「だったら、私がそこで寝るわ」アリスは言った。

「それでいいのかい？」

「ほかに選択肢はないでしょう、キュロス？」アリスはベッドから下りながら言った。

アリスは、手持ちのいちばん大きなTシャツと小さなショーツ姿で部屋の中ほどまで行った。カースティから結婚祝いにゴージャスな淡いグリーンのシルクのナイトドレスを贈られていたが、それを着てキュロスに誤解を与えるつもりはなかった。しかし、急にこわばった彼の口元や荒々しい目の光からすると、いずれにせよ、誤解されてしまったようだ。キュロスは手を伸ばして、アリスのウエストをつかんだ。そして、なにがなんだかわからないうちに、彼女はキュロスの胸に引き寄せられていた。

「は、放して」アリスは言った。

「君はどこへ行こうとしているんだ?」

「あなたがソファで寝ないのなら、私が行くしかないじゃない!」

「それは大きな間違いだ」

キュロスの裸体を見ないようにしながら、アリスは怒りの表情を作った。「私が寝たいところで寝てはいけないというの?」

キュロスはほほえんだ。「そのとおりさ」彼はなめらかな口調で言いながら、指を広げてアリスのほっそりしたウエストを押さえた。「君は僕との結婚に同意した。だから、この家の屋根の下にいる限り、妻としての義務を果たすんだ!」

アリスは愕然(がくぜん)とし、今まで以上に大きな危険を感じて、気を失いそうになった。「な、なにを言っているの?」

「とぼけるんじゃない。君は頭のいい女性だ、アリス」キュロスはからかうような口調で言い、さらにアリスを引き寄せた。「僕がなにを言っているか、よくわかっているだろう。もしかしたら、言葉で言うより行動で示してほしいのかもしれないが」

アリスにとってこれほどの屈辱はなかった。まるで、アリスが彼とベッドをともにする光栄に浴した歴代の女性たちの一人にすぎないような言い方ではないか。二人が結婚しているという事実にはなんの意味もないかのように。

「今は二十一世紀なのよ！」悪魔のような低い声で笑うキュロスに、アリスは激しい口調で抗議した。「女性に対してそんな言い方は許されないわ」

「二十一世紀がなんだ！　女性の本質は太古の昔から変わってやしない。女性は常に、強くてたくましい男を求めている。ベッドの上で喜びの声をあげさせる男を」

キュロスの腕の中でアリスはもがいた。逃れたいというより、そうすべきだと思ったからだ。しかし、彼のまぎれもない激しい欲望の前では、いくらもがいてもむだだった。

アリスはキュロスの目をまっすぐに見た。心臓が早鐘を打っている。「どんなに罵詈雑言を僕にぶつけようが、君が求めているものは知っている。アリス、僕はそれを今、君に与えようとしているんだ」彼はアリスを抱き締めると、唇を奪った。

アリスは最後に残った正気の部分で考えた。怒りこそ、最高に欲望を刺激する媚薬ではないかと。なぜなら、今までこんなに血がどくどくと脈打ったことはなかったからだ。これほど体が熱くなったことも。

キュロスにTシャツを脱がされると、アリスはあえぎ声をもらしながら、胸のふくらみを彼に押しつけた。続いて小さなショーツがはぎ取られた。彼女は再び息をはずませ、あえいだ。それは抵抗の声ではなく、懇願の声だった。彼の言葉は正しかった。アリスはこうなることを求めていた。いや、彼を求めていた。キュロスの愛を、心を。アリスが手に入れたいのはそれだけだった。

キュロスはアリスを抱きあげると、戦利品を手にした征服者のようにベッドへ運び、柔らかなマットレスの上に下ろした。一瞬、アリスを上から見おろすキュロスの顔に影がよぎった。

「一つはっきりさせておかないか？　僕の家にいる間、君は僕のベッドで寝る。わかったかい、アリス？」

「ええ」アリスはささやくような声で言った。ええ、ええ、そうするわ。アリスは両腕を上げてキュロスの首にからませ、力をこめて引き寄せた。

10

翌朝、目を覚ましたアリスは、昨夜起こったことが、いや、自分のしたことが信じられなかった。

彼女は身も心もぐったりと疲れ果て、目を閉じたままベッドに横たわっていた。キュロスによって与えられたものすべてを奪われた気がした。肉体的な喜びと引き替えに、自分の意思や決意を失ってしまったようだった。けれど、彼一人が要求したのではない。彼女自身、昨夜ほど奔放にふるまった記憶はこれまでなかった。

キュロスが嘘をついていたことで、アリスは彼の優位に立ち、完全に解放された気分を味わった。彼女はもはや、どんな場面でもキュロスの同意を求めようとはしなかった。彼女の要求はキュロスをも上まわるほどだった。途中、キュロスは仰向けになったまま枕に頭をうずめ、信じがたい思いで天井を見つめて目をしばたたいた。

「こんなごほうびが待っているなら、もっとたびたび君を怒らせるべきかもしれないな」

唇の端に満足そうな笑みを浮かべ、彼はつぶやいた。

アリスは泣くことも、キュロスを殴ることもできただろうが、そうはしなかった。そのかわり、彼の胸に飛びこんだのだ。やすやすと彼の魔法にかかって。そして、たった一度の荒々しいキスで、身も心も奪われてしまった。彼に繊細な花のように扱ってもらえなかったとしても、それはひとえにアリス自身のせいだった。

アリスがゆっくりと目を開けると、キュロスは開け放した窓の前に裸で立っていた。きらめく陽光が彼の体を照らし、部屋を明るく包んでいる。彼のシルエットの向こうに、まばゆく光るサファイア色の海が見えた。その上には、明るいブルーの空が広がっている。ハネムーンを過ごすには、ここは最高の場所だった。しかも、キュロスの家なのだ！　まさに完璧(かんぺき)なはずだった。ただアリスには、ジグソーパズルのハートの形をした一片がどうしても見つからないように思えてならなかった。

アリスはキュロスを観察した。そのうしろ姿は、美術館にある大理石の彫像のようだ。非の打ちどころのない、鍛え抜かれた筋肉。上半身は逆三角形で、肩幅が広く、腰はほっそりと引き締まっている。盛りあがったヒップからたくましい筋肉質の脚が伸び、日焼けの跡だろうか、水着の部分だけ少し肌の色が薄くなっている。ばかげているが、アリスは一昨日のあの黄金の一日がもう一度戻ってきてくれたらと願った。彼が砂浜に座って、泳ぐ私を見守っていたあの日、この世は何事もなく、平和に思えた。

キュロスがこちらを振り返った。黒い瞳がきらりと光る。もつれた絹糸のように枕の上に広がっているブロンドの髪を見て、彼は満足そうなため息をもらした。「もう起きていたんだね」

「ええ、ごらんのとおり」

キュロスは笑った。「そうつんけんしないでくれ、アリス。ゆうべ、あれだけ君を喜ばせたんだから、今朝はすっかり晴れやかな気分になっているかと思ったよ」

「そんなふうに思っているとしたら、とんでもない勘違いよ」

「そんなふうにとはどういうことかな？」キュロスは穏やかな口調で尋ねた。

アリスは目をそらした。「一夜のセックスで都合よく事を運べると思っているとしたらってことよ」

キュロスは考えこむようなまなざしをアリスに向けたが、内心いらだちを感じていた。彼女は自分の目の前にあるものが見えないのだろうか？　二人の間に起こっている〝化学反応〟に気づかないのか？　自分が思い描く理想の人生どおりではないからといって、なおも言い争いを続けるつもりなのだろうか？　彼女は感情的な問題は乗り越えているとばかり思っていた。それも、彼女に結婚を申しこんだ理由の一つではなかったか？

キュロスはベッドへ向かって歩きだした。アリスの視線が自分の裸体の一点から離れようとしながらなかなか離れないのはわかっていた。そう、熱い欲望の証（あかし）から。

「な、なにをするの？」アリスはおおいかぶさるように身を乗り出してきたキュロスに言った。練り歯磨きと石鹸の香りが漂う。

「君におはようのキスをしようとしているんだ」

アリスは顔をそむけた。「やめて」

「やめて、だって？」キュロスはアリスの首筋に唇を押し当てた。

「ええ」

「やめてもいいんだね？」

「キュロス――」

「しっ、静かに」キュロスは上掛けをはがしてベッドに入り、アリスのかたわらに身を横たえた。「あらがうのはやめるんだ、アリス。自分自身にあらがうのは。僕を求めているのは自分でもわかっているくせに」

アリスは否定しようと口を開きかけたが、あっという間に巧みなキュロスの誘惑に乗ってしまい、嘘をつけなかった。思わず彼を愛していると言いそうになり、あわててその言葉をのみこむ。なぜなら、彼を愛していないからだ。断じて、愛してなどいない。

二人とも満たされると、アリスは寝返りを打ってキュロスに背を向けた。

キュロスはアリスの湿った背中に張りついた長い髪を指にからめた。「どうしたんだい、アリス？」彼はやさしく尋ねた。「僕に腹を立てているのか？　それとも、自分自身に？」

「違うわ。疲れているの、それだけよ」アリスは、キュロスの浅黒いハンサムな顔に浮かぶ満足げな表情を見るのに耐えられなかった。昨夜のことも今のことも、意地の張り合いだったとしたら、キュロスは完全な勝者だ。

「だったら、もう一度眠るといい。起きる必要はない。僕は、今日は一日銀行にいる。目を通さなければならない書類がまだあるんでね」キュロスはアリスのヒップに軽く手を置くと、なめらかな肌の下の骨を親指でなぞった。「それと、例のハンストを続けてはいけないよ。やつれた君なんか見たくないからね」

アリスは答えなかった。彼が服を着る間も、もう一度ベッドのそばに戻ってきたときも、眠っているふりをした。

キュロスはアリスをじっと見おろした。彼女はこんなふうに眠っているふりをして、僕をだませると思っているのだろうか？　ゆうべもさっきも僕に欲望を感じていないふりをするのに必死だった。女性のそぶりからその本心を読み取る方法が数えきれないほどあることを、彼女は知らないのだろうか？　彼女のそぶりから読み取れるのは、僕にはもう抵抗できないという心の叫びだ。彼女のそぶりにはいつもそんな本心がうかがえる。

「それじゃ、またあとで、アリス」キュロスはささやいた。

キュロスが出ていってしまうと、アリスはシャワーを浴び、それから階下へ行って、彼のスポーツカーがなくなっていることを確かめた。車寄せには、ソフィアの古いおんぼろ車だけがとまっていた。

アリスはテラスで朝食をとった。皮の硬い厚切りのパンにカルフェラ特産の琥珀色の蜂蜜を垂らして食べた。

「今朝はおなかがぺこぺこでしょう」ソフィアが言った。

アリスはぱっと頬を染めた。「ええ。ゆうべは夕食を食べそこねてしまったから」

なんだか妙な気持ちだった。自分の居場所を失ってしまったような感じがする。妻になった実感はなく、それでいて、もう独身という気はしない。カルフェラは生活の場ではない。かといって、快適に過ごす贅沢な設備が備わっているにもかかわらず、休暇を過ごしているような気分でもない。

だが、休暇を過ごしているつもりになるのはむずかしくなかった。この屋敷や景色の美しさは、だれもが呆然とその場に立ち尽くすほどだ。アリスは日光浴をしたり、泳いだり、本を読んだりして数時間を過ごした。プールを五十回も往復し、そのあと、昼食にオリーブとサラダを食べた。午後になって太陽が傾き、暑さが弱まると、丘の小道をのぼって散歩に出かけた。途中、乾燥した草を食むかわいい羊が何頭か見えた。

太陽の光やかぐわしい空気にひたるうちに、しだいに緊張感がほぐれていくのを感じた。アリスはいつしか、昨夜のすばらしい時間を思い出している自分に気づいてぞっとした。そうすることで、その前の激しい言い合いを忘れようとしているみたいではないか。

ベッドでの熱いひとときがあればなにもかもうまくいくというのだろうか？　いや、それは妥協にすぎない。ベッドで示すやさしさや情熱を、キュロスがふだんの生活の中で示してくれさえしたら……。

たとえば、彼があなたを愛していることを認めるとか？　頭の中でからかうような声が聞こえた。あなたはまだあきらめていないのね、アリス？

六時になっても、キュロスは帰ってこなかった。アリスはディナーのために服を着替えると、屋敷の一階を探検することにした。くつろいだり、人をもてなしたりするための大きな部屋がいくつかあった。その中の一部屋にはグランドピアノが置かれ、別の部屋には本がずらりと並んでいた。アリスはその本がすべてギリシア語で書かれていることに気づいた。そして、驚くほど写真が少ないことにも。どの棚を見ても、一枚もない。

「なにをしているんだい？」

アリスがくるりと振り返ると、キュロスがドアのところに立ってこちらを見ていた。その冷たい表情は、今朝彼女の髪を指にからませ、軽く引っぱってキスをしようとしていた男性とはまったく別人のようだった。

「眺めているだけよ」

「なにかをさがしているんじゃないのか？」キュロスは麻のジャケットを脱いだ。

「どこにも写真がないことがちょっと気になったの」

一瞬、沈黙があった。「どういう写真があると思っていたんだ、アリス？」

「そうね、せめてオリンピアの写真くらいは」

「しかし、オリンピアはここに住んでいない」キュロスは冷ややかに言った。

「それは知っているわ。でも、あなたは彼女の父親でしょう」

「ああ、僕は父親だ。だから、あの子の写真を置くかどうかは僕が決める」

アリスは深々と息を吸い、キュロスの声にこもった暗い響きを無視して言った。「あなたの双子の弟さんの写真もないのね。私がクサンドロスの写真を一度も見たことがないのは知ってた？　きっとあなたにそっくりなんでしょうけど……写真を見てみたいわ」

「アリス」キュロスは警告するように言った。「それは君には関係のないことだ」

「あなたのお父様の写真もなければ……」アリスはさらに言った。「お母様の――」

「やめろ！」キュロスは鞭（むち）をふるうように容赦なくアリスの言葉をさえぎった。「僕の生活をさぐろうとするんじゃない。わかったか？」

だが、アリスは命綱のように彼の怒りにしがみつこうとした。「なぜあなたは私になにも話してくれないの？」彼女は強い口調で言った。「過去にあったことや、それによってあなたが感じたことを」

「それで事実が変わるわけじゃない。事実以外はすべてよけいなことだ。君の好奇心を満たすためにあれこれ話すつもりはない」

アリスは目の前でぴしゃりとドアを閉められたような気がして、キュロスをじっと見つめた。「話すにはつらすぎるのね」彼女はささやくような声で言った。

「そう思うかい？　僕に不満なら、なぜ君はここにとどまっているんだ？」

アリスは唇を噛んで、顔をそむけた。「なぜなのか、あなたは知っているはずよ。私は帰るわけにはいかないの……こんなに早く」

「理由はそれだけじゃないだろう？」キュロスはアリスに腕をまわして胸に引き寄せた。「君が帰ろうとしないのは、僕と離れるのに耐えられないからじゃないのか、アリス？僕には抵抗できないとわかったからだ。ほら、君を……こんなふうに……抱くと……」

キュロスに触れられると、そこに電流が走るようだった。「こ、こんなの、フェアじゃないわ」アリスは押し殺した声で言った。

「人生はフェアじゃない。ようやくそれがわかったのかい？」

キュロスの冷酷な言い方に、アリスは泣きたくなった。だが、次の瞬間、彼はキスですべての不安を追い払った。

キュロスといると、肉体的にひどく無防備になってしまう。彼の言うとおりだ。私は彼にまったく抵抗できなくなっている。

「物事をあるがままに受け入れたら、状況がずっとよくなるってことはわかるだろう？」

キュロスはアリスの唇に唇を寄せてささやいた。「それでも僕との喧嘩を続けて、波風を立てたいと思っているのかい、アリス？」

アリスは黙って首を横に振った。キュロスはドアに鍵をかけると、キスをした。

「このほうがいいだろう？　うん？」

それは短いおざなりなキスだった。体に満足感を与えるが、心はからっぽのまま突き放すような。やがてキュロスは服を整え、食事を終えたときと同じようなしぐさでジャケットをつかんだ。まさに別の意味での飢えを満たして。アリスの中に苦々しい思いがこみあげた。だが、キュロスとのセックスはファーストフードを食べるようなものだった。一時間ほど過ぎて、心地よい満足感が消えると、うずくような空腹感にとらわれる。

「今夜は僕と食事をしないか？」キュロスが言った。

寂しくプライドだけを友にして部屋に一人でいることに、どんなメリットがあるのだろう？　アリスはゆっくりとうなずいた。「ええ、キュロス……あなたと食事をするわ」

「よし」ドアの鍵を開けようとしていた彼は、ふと手をとめた。「ソフィアに知らせてくるよ」

夕食は美しいダイニングルームに用意されていた。背の高いキャンドルの火がゆらゆら揺れて、クリスタルのグラスや銀のナイフやフォークを照らしている。あたりには、花瓶に生けた小さな白い花の香りが漂っていた。

キュロスはワイングラスを置くと、アリスの顔をまじまじと見つめた。「今日オリンピアと話をしたんだ。あの子はここに来たがっている」

「お茶の時間に？」

彼は唇の端を上げてかすかな笑みを浮かべた。「まあ、そんなところだ。あの子は叔母のエレニを連れてきたいんだよ」

「カタリナの妹さんね？　あなたの妻など見たくもないでしょうに」

二人の視線がしばらくからみ合った。「そういう心理は、僕よりも、女どうしのほうがわかるんじゃないかな」

アリスは思わず笑った。「あら、それはどうかしら、キュロス。それで、二人はいつ来るの？」

「明日はどうかと思っていたんだが。君の都合はどうだい？」

まるで本当の夫婦のような会話だ。アリスは深い味わいの赤ワインを飲みながら、ちくりと胸が痛んだ。

だがすぐに、内心オリンピアと再び会うことを楽しみにしている自分に気づいた。おかしなことだが、あの幼い少女と自分を重ね合わせていた。もちろん、エレニに会うことにも好奇心をそそられた。エレニは亡くなった姉の婚約者と結婚したイギリス人を恨んでいるだろうか？　それとも、この結婚の実態を見抜くだろうか？

いざ会ってみると、アリスの心配は杞憂にすぎなかった。エレニは自分自身の結婚のことですっかり舞いあがっていて、キュロスとアリスが新婚らしい雰囲気に欠けていることには気づかないようだった。

オリンピアは本当にかわいらしかった。

「泳ぎに行ってもいい？」少女は熱っぽいまなざしで尋ねた。

「もちろんいいよ」キュロスが言った。

「一緒に泳いで、パパ！」

キュロスは首を横に振った。「君がプールで泳いでいる間に、パパは電話を何本かかけなければならないんだ。プールサイドから見ていてあげるよ」

キュロスを父親失格だと決めつけてはいけないと、アリスは拳を握り締めながら自分に言い聞かせた。彼が幼い自分の娘と遊ぶよりも仕事を優先させたとしても、私には関係のないことだ。

「だれか一緒に遊んで」オリンピアが口をとがらせた。

エレニがかぶりを振った。「私に言ってもむだよ。あとで出かけるから、水に濡れて髪をくしゃくしゃにしたくないの」

「私が一緒に行くわ、オリンピア」突然、アリスは言った。

オリンピアの顔がぱっと輝いた。「一緒に行ってくれるの？」

「もちろんよ！」

アリスはカフタン風ドレスを脱ぎ捨てると、プールに飛びこんだ。一つには、大人たちから離れたかったからだ。エレニにどんな印象を与えているのだろうかと考えたり、キュロスに対しておどおどした態度をとるまいと気を張ったりすることから逃れたかった。それになにより、オリンピアはとても愛らしい。彼女はこの世に生まれたときから試練にさらされてきたのだ。まだ赤ん坊のときに母親を失い、そのうえ父親から引き離されて育つのは、人生のスタートとしてあまりにむごい。今も健在な両親によってなんの不安もなく育てられた私の境遇とはまったく違う。

アリスはいつしか、キュロスの母親が家を出ていったときのことを考えていた。イギリスとは違って、こんな小さな島ではすぐにそのことは人々の耳に入っただろう。アリスの友人たちの中にも、家族の崩壊を経験した者が何人かいた。彼らは最初のショックから立ち直るまで、そのことを人に話そうとしない。そして、再び明るい顔で学校に来られるようになると、まったく気にしていないと言う。だが、鋭い洞察力の持ち主が聞いたなら、その声がかすかに震えていることに気づくだろう。

キュロスも不必要な同情を寄せつけないために、誇り高い態度を貫いたのだろうか？アリスは彼のいかめしいハンサムな顔をちらりと盗み見た。濃いサングラスに隠れてその表情は読み取れなかった。だが、きっと彼も苦しんだはずだ。

「バタフライはできる？」オリンピアがきいた。

アリスは少女の方を向いてにっこりした。「やってみるわ！」

活発な五歳児と水に入って遊ぶのは、エネルギーを消耗するけれど無心になれる。しばらくすると、アリスはなにもかも忘れて楽しんでいた。

キュロスはしつこく鳴りつづける携帯電話の呼び出し音を無視して、アリスを眺めていた。だが、いつもと違って、彼女の均整のとれた美しい体にだけ目を奪われているわけではなかった。彼女は水を切って魚のようにしなやかに体をひねると、笑い声をあげている少女を高く抱きあげた。そして、二人で水をかけ合った。オリンピアは、アリスのほかにはなにも目に入らないようすで夢中になっている。アリスの髪は濡れて、海草のようにべったりと頭に張りついていた。

「電話が鳴りっぱなしよ」

もの思いにふけっていたキュロスは、エレニの声で現実に引き戻された。

キュロスはサングラスの奥で目を細めた。そして、いらだたしげにポケットから携帯電話を取り出すと、電源を切った。

エレニがわざと驚いたように顔をしかめた。「信じられない！　大丈夫なの？」冗談めかしてそう言ってから、ギリシア語でつけ加える。「彼女はすてきな人ね、キュロス」

「ああ」キュロスはそれしか言わなかった。エレニのことは嫌いではないが、彼女は見聞きしたことをなんでも人にしゃべってしまうのだ。キュロスは自分について人にあれこれ分析されたくなかった。そんなことはもうたくさんだ。

アリスは震えているオリンピアを抱きあげてタオルの方に行かせると、両腕を下ろした。

「だれかプールに入る人はいない?」

アリスの濡れたまつげに縁取られた瞳は星のようだと、キュロスは思った。彼女とプールに入るなんてできない。こんなふうに人が見ているところでは……。

キュロスは携帯電話の電源を入れた。「二件ほど電話をかけなければならないんだ」

アリスは涙に濡れた目を見られないうちにターコイズブルーの水の中へ戻っていった。

11

「それで本当にいいの、アリス？」

「ええ、大丈夫よ。少しでも力になれたら、うれしいわ」アリスは耳に当てた受話器をもう一方の耳に当て替えて言った。「二時から四時よね？　ええ、かまわないわ。それじゃ、あとでね、エレニ」

　アリスが受話器を置いたとき、キュロスが小型の旅行バッグを持って階下に下りてきた。彼女が顔を上げると、キュロスの鋭いまなざしが向けられていた。

「どういうことだ？」彼は問いつめるような口調で言った。

アリスは髪をうしろに撫でつけた。「今日の午後、島の向こう側でパーティがあるから、私がオリンピアを連れていくと言ったの」

「君が？」キュロスは旅行バッグを下ろすと、眉をひそめた。自分の娘とアリスが親しくなるのは、彼にはどうも落ち着かなかった。「どうしてエレニが連れていかないんだ？」

「彼女はお母さんと本土にウエディングドレスを買いに行きたいんですって」アリスはそ

う言ってから、ふと口ごもった。キュロスはエレニがオリンピアの面倒をみるのが当然だと思っているのだ。

　アリスはキュロスに言ってやりたかった。エレニはオリンピアの母親ではなく、たぶん近い将来、自分自身の子供を持つことになるだろうと。彼はそのことについて考えているのだろうか？　だが、これからローマへ出張に行く彼にそんなことは言えない。彼が私を島に残して一晩留守にするのは初めてのことだ……。

　それがどうしたというの？　キュロスがこの機会に、私がいないと寂しいことに気づいて……別人のようになってローマから帰ってきてほしいとでも考えているの？

　こうあってほしいと思うとおりに人が行動してくれるなら、どんなにいいだろうと、アリスは思った。キュロスには永遠の愛など期待していない。私が彼に望むのは、寝室の外でももう少しくつろいでほしいということだけだ。

「ところで、どうやってあの子をそこまで連れていくと言ったんだい？」

　キュロスにいきなりきかれて、アリスは眉をひそめた。「車でよ、もちろん」

「もちろん？」キュロスは皮肉っぽい口調でアリスの言葉を繰り返した。「君は車を持ってないんだから、僕の車ってことかい？」

　彼の車は私の車でもあるということではないのだろうか？　私たちは結婚しているのだから。「ええ、そうよ。私があの車を借りることに、あなたが反対する理由がわからないわ」

「あの車にはものすごいパワーがあるからだよ、アリス」キュロスは言った。「あの車を乗りこなせると思っているのか？」

アリスはキュロスを見て、怒りをのみこんだ。この花崗岩のような険しい顔の男性と情熱的な夫を重ね合わせるのはむずかしい。少し前もその腕に抱かれて、熱っぽく愛し合ったばかりだ。アリスは深い満足感にひたりながらため息をつき、キュロスは彼女が離れていくのに耐えられないかのようにしっかりと抱き締めた。それはアリスに愚かな希望を抱かせるふるまいだった。キュロスとベッドをともにすることによって、彼が築いた壁をいつかはきっと崩せる。彼女はそう信じようとしていた。

しかし、妻の運転技術を鼻で笑うキュロスの冷ややかな表情を一目見て、アリスは自分が間違っていたのを知った。

「それじゃ、あなたがオリンピアをパーティへ連れていってくれる？」

「どうやって僕が連れていけるというんだ？　これから仕事でイタリアへ行かなければならないのに」

「そうでしょう！」アリスは突然、攻撃に転じた。激しい情熱と薄氷を踏むような思いの間を行き来するような日々に、とうとう耐えきれなくなったのだ。「あなたはあの子を連れていくことはできない。それなのに、私が連れていくのはいや。なにが問題なの、キュロス？　自分の娘にほかの人を近づけたくないってことなの？」

「もういい、たくさんだ」キュロスは吐き捨てるように言った。

「いいえ」アリスは深々と息を吸って、呼吸を整えた。「まだ十分じゃないわ。あなたはそろそろ真実に耳を傾けるべきよ。だれもあなたに立ち向かおうとしないみたいだから、私から言ったほうがいいかもしれない。あなたは臆病よ。臆病者以外の何者でもないわ」

　あたりに不気味な静けさが広がった。

「臆病者だって？　よくもそんなことが言えたな」

「何度でも言うわ。あなたは自分の感情を恐れる臆病者なのよ。臆病であることがあなたにとって大きな障害になっているんだわ」アリスの声にしだいに熱がこもってきたかと思うと、突然、言葉が次々に飛び出した。まるで、長いこと噛み締めていたものが口からいっきにあふれ出たかのように。「あなたはお母さんが出ていったときのように傷つくのが耐えられないから、だれもそばに近づけたくないのよ。でも、そういう考え方では、また同じことを繰り返すわ、キュロス。あなたには自分が手にしているものが見えない。それがどんなに価値があるものか、わからないから。あなたを大好きな娘のことも、妻のことも――」

「べらべらとよけいなことばかりしゃべる妻のことか！」

　アリスは激高しているキュロスの顔を見つめながら、あきらめたようにかぶりを振って口をつぐんだ。こんなことを言って、なんの役に立つのだろう？　彼は聞く耳を持たないのだ。自分のまわりに高い壁を築いていて、だれもそれを打ち砕くことができない。私にはできるかもしれないなどと本気で思ったのだろうか？

「それで、車のことはどうするの？」アリスは静かに尋ねた。「私は一回で運転免許の試験に通ったのよ。それに、免許証には一点の減点もないわ。でも、あなたがその申し分のない頭で、私にはあのパワフルなマシンを運転するのは無理だと判断するなら、タクシーを呼ぶわ。さもなければ、ソフィアの車を借りることにする」

「ソフィアの車で行くわけにはいかないだろう」キュロスは即座に言った。

アリスは冷ややかなまなざしで彼を見つめながら、手を差し出した。「それならキーをちょうだい」

沈黙が広がった。キュロスは自分を手厳しく非難したアリスになにか言ってやろうと必死に考えたが、なにも思いつかなかった。結局、うなり声のようなものを発しながら、車のキーを彼女に渡した。

そして、自分自身はしかたなくタクシーを呼んで空港へ向かうはめになった。キュロスの記憶では、こんな経験は一度もなかった。飛行機が離陸しても、まだ彼の中では怒りがふつふつとたぎっていた。窓の外に目を凝らすと、白い波が立つサファイア色の入江が見えたが、波に揺れる小さな船の姿はほとんどわからなかった。

まったく、アリスときたら、彼女に関係のないことに口を出して、あんなぶしつけな言い方で僕を非難するとは、自分を何様だと思っているんだ？

彼女はおまえの妻じゃないか。キュロスの頭の中でささやく声がした。妻というのはそういうものだ。

だったら、自分の立場をわきまえない妻などいらない！

キュロスがいらだたしげに首を振っていると、客室乗務員が飲み物を勧めに来た。とにかく、アリスのよけいな口出しには我慢ならない。

だが、アリスがキュロスの心に不満の種をまいたのは確かだった。彼女の言葉のいくつかは思いがけずキュロスの胸に突き刺さった。初めのうちこそ、彼女は自分がなにを言っているのかわかっていないのだと自らを納得させようとしたが、しだいに不快な方向に考えが向かった。

キュロスは持ってきた書類に集中できなかった。いや、イタリアの首都にある派手なオフィスで開かれた会議の内容にも。その日はギリシア大使館の館員と遅い昼食をとる約束をしていたが、ぎりぎりになって断った。家庭の事情を理由に。

彼は自家用ジェットのパイロットに電話をかけた。「カルフェラに戻りたいんだが」

「今日ですか、キュロス？」パイロットが驚いて尋ねた。

「ああ、今日だ。できるだけ早く」

その日の昼下がりの猛烈な暑さの中、自家用ジェットはカルフェラに着陸した。飛行場には、パイロットがあらかじめ無線で連絡したタクシーが待っていた。帰る途中ずっと、キュロスの頭の中にはさまざまな思いが交錯していたが、結局はしぶしぶながら、アリスの言うことにも一理あると思いはじめた。たぶん、もっと定期的にオリンピアと会う手配をすべきなのかもしれない。

キュロスが家に着いたのは五時をまわったところだったが、窓やドアが開け放たれ、彼の車はどこにも見当たらなかった。キュロスが眉をひそめて家に入ろうとすると、ソフィアがあわてたようすで走り出てきた。

「お帰りになるとは思っていなかったもので、旦那様……」

「アリスとオリンピアは戻ってきたかい?」

「いいえ、旦那様。お二人ともまだパーティにいらっしゃると思いますけど」

キュロスはちらりと腕時計を見て、顔をしかめた。「妻がオリンピアを連れて帰ってきたら、大声で呼んでくれ」

「はい、旦那様」

キュロスは仕事をしようと書斎へ行った。しかし、時間は刻々と過ぎていくのに、アリスは帰ってこなかった。いらだちは心配に変わり、腕時計を見て七時を過ぎるころには怒りとなっていた。

アリスはいったいどこにいるのだろう?

キュロスは家の前に出ていって道路を何度も見渡したが、彼の小型スポーツカーが近づいてくる気配はまったくなかった。初めて生々しい恐怖感が胸にわきあがってきた。

アリスにはあの車を運転しないように言ったはずだ。あの車はパワーがありすぎるからと! ところが、彼女は――どうしようもなく頑固なアリスは、僕の言うことに耳を貸そうとしなかった。ああいう車を乗りこなせるかどうか心配していたのに、彼女はそれを性差別主義者の暴言と決めつけて非難し、そのうえ、僕の娘の養育についてまでこきおろした。

よくもあんなことができたものだ。

砂利道をゆっくりと歩いていると、ぐしゃっとつぶれた金属の塊の映像が頭に浮かんだ。そして……。キュロスは動物のような低いうなり声をもらすと、警察署長に連絡しようと、ポケットに手を入れて携帯電話を取り出した。その瞬間、遠くから聞き覚えのある車のエンジン音が響いてきて、はっとして手をとめた。

道路の向こうからぶんぶんと音をたてて走ってくる銀蠅(ぎんばえ)のような彼の車に乗っているのは、アリスだった。ブロンドの髪をうしろで結び、風を受けているその顔は、なんの屈託もなく楽しそうで生き生きしている。

キュロスはかろうじて自分を抑えていたが、アリスがエンジンを切った瞬間、ドアに駆け寄り、勢いよく開けた。「オリンピアはどこだ?」

彼の険悪な雰囲気は今朝と変わっていないと、アリスは思った。「あの子の家で降ろしてきたわ」

キュロスが安堵のため息をもらした。「君はどこにいたんだ?」

「私はあの子をパーティに連れていって――」

「パーティは四時に終わったはずだ」キュロスはどなった。「今はもう七時近い。もう一度きくが、アリス、君はどこへ行っていたんだ?」

キュロスがこんなに激高しているのは、娘が心配だったからだと、アリスは自分に言い聞かせようとした。だが、どうしてもそうは思えなかった。ふだん彼がいかにも父親らしいふるまいはしないことを考えると、この反応は度を超えている。彼は人を所有物のように扱う。娘のこともそうだ。かまってやれるときは、箱から出した人形のように大事にする。そして妻のことは、ふだんはおざなりに接するのに、ベッドの中でだけは情熱をそそぐ。

アリスは車から飛びおりると、キュロスの前に立った。「今日の夕方はすばらしく気持ちがよかったの。それで、パーティが終わってから、私たちはすてきな浜辺を見つけて、泳いだり、砂のお城を作ったりしていたのよ。それがいけないことなの? 子供と遊ぶのは犯罪ではないわ、キュロス。あなたはそう考えているようだけど。あの子のお祖父ちゃまとお祖母（ばあ）ちゃまには、遅くなるって連絡したわ。あなたは二人にきいてみたの？」

「二人を心配させたくなかったんだ」

「そうかしら？」アリスは首を横に振った。「その言葉を信じていいかどうか、わからないわ。たぶん、あなたは二人への責任の重さに耐えられなかったんでしょうね。それと、すべてをきちんと管理していないとほかの人に思われるのに。あなたはいつもそう。血も涙もない独裁者で、だれも寄せつけない」

「いいかげんにしてくれ。もうたくさんだ！」

アリスは体の両わきで拳（こぶし）を握り締めた。突然、もうこれ以上こうして言い争いを続けていくことはできないと思った。「そのとおり、もううんざりよ！　私はここを出ていくわ、キュロス。わかる？　この家を出ていくの。あなたとはもう一緒に暮らせない。あなたはきっと変わると、私は必死に自分に言い聞かせてきたわ。いつか人間らしいふるまいをするようになると……心や感情を持ってくれると。本物の夫婦なら、ときおりあらわにする心や感情を」アリスは首を振った。「プライドなんかどうでもいい。私は恥も外聞も捨てて実家に帰り、みんなの嘲（あざけ）るような顔と向き合うわ。それでも、ロボットみたいな冷血漢と暮らすよりはよっぽどましだから！」

アリスはなんとか呼吸を整え、呆然（ぼうぜん）としているキュロスの顔をのぞきこんだ。結論を出した今、気持ちはだいぶ落ち着いてきた。

「今夜、ここを発(た)つ飛行機を用意してちょうだい。それと、タクシーを呼んで。私は二階へ行って、荷物を詰めてくるわ」

12

アリスは本気で言っているのではないと、キュロスは自分に言い聞かせた。彼女は出ていったりしない。二人ともかっとなって言いすぎたと、すぐにわかるはずだ。

キュロスは階下でアリスが下りてくるのを待った。目を泣きはらして、私が間違っていたと言いながら階段を下りてくるのを。

だが、彼女は下りてこなかった。遠くから、引き出しやドアを開けたり閉めたりする音が聞こえる。ということは、彼女は本当にイギリスに帰るために、スーツケースに荷物を詰めているのかもしれない。

それなら、勝手に帰ればいい！　彼女など必要ない。キュロスは憤然として携帯電話をつかむと、タクシーを呼び、自家用ジェットを待機させてから、書斎へ行った。やがて、アリスが階下から下りてきた。廊下の床にスーツケースを置く重そうな音が響く。

「キュロス？」アリスが呼んだ。

キュロスは少し間をおいてから出ていった。心臓が激しく打っている。アリスの顔は青ざめ、口元が妙にこわばっていた。キュロスはなにも言わず、問いかけるように眉を上げた。

「さよならを言いに来たの」アリスは言った。

二人はじっと見つめ合った。やがて、クラクションの鳴る音で沈黙が破られた。

「タクシーを呼んだんだ」キュロスはようやく口を開いた。

アリスはキュロスを見つめた。それだけ？ 恐れると同時に、ひそかに待ちこがれていたキスは実現しなかった。そして、後悔の言葉も出てきそうになかった。

「スーツケースを持つよ」キュロスはそう言って、スーツケースの取っ手をつかんだ。

冷静にふるまうのよ。アリスは自分に言い聞かせた。平静を失ってはだめ。問題は便宜上の妻であることにあるのだから。あっさり捨てられてしまうのはそのせいよ。ちょうどこんなふうに。

運転手が車から飛びおりてきてスーツケースをトランクに積みこむと、アリスはなにも言わずに後部座席に乗りこんだ。運転手がアクセルを踏んだところで、ようやく振り返る。キュロスには彼女の瞳が異様に光って見えた。

「オ、オリンピアによろしく」アリスは言った。「葉書を出すと伝えて」

やがてタクシーは砂埃（すなぼこり）を巻きあげて走りだし、飛行場へ向かって坂道を下りていった。

勝手にしろ。キュロスは心の中でつぶやきながら家に入り、飲み物をついだ。よけいな口出しをしたり、こちらが与えようとする以上のものを求めたりする女性などいないほうが、快適に暮らせる。

だが、飲み物は口もつけられずに置かれていた。キュロスの中に不安がゆっくりと泡のように立ちのぼってきた。この違和感がなんなのか、彼は分析しようとした。しばらくして、答えがわかった。

それは静寂だった。

アリスは別の部屋にいると思いこもうとしてもむだだった。目を上げても、あの輝くような美しい姿はない。思い出が蜂蜜（はちみつ）のように彼の心に流れこんできた。アリスがオリンピアに示したやさしさ。それとは対照的な、父親としてすべきことを娘にしていないとキュロスを非難したときの厳しさ。彼女はどんなに怖いもの知らずだったことか。笑いだしそうになると、唇を噛（か）むのが癖だった。夜、ベッドに横たわる彼女の体から漂う香りや、触れ合う肌の感触は忘れられない。一晩も離れたことはなかった。

その彼女が行ってしまった。イギリスで再び新しい生活を始めるために。僕がすべてをだいなしにしたのだ。彼女にはもう二度と会えないだろう。僕の冷たさや残酷さが、そして、ベッドでのテクニックを巧みに利用したことが、彼女を追い出す結果を招いてしまった。

自分の傲慢（ごうまん）さと先見の明のなさがどういう事態を引き起こしたか、キュロスは突然気づいた。この世でだれよりも愛する二人の人間を失う危険を冒したのだ。すべては人生の本質から目をそらし、自分自身を守ろうとするむなしい企てによるものだ。ほかの人たちとは違って、アリスはそのことを僕に指摘する勇気があった。僕の怒りとまっすぐに向き合い、言うべきことをはっきりと言ってのけたのだ。

彼女を引きとめなくてはならない。

キュロスは腕時計に目をやった。もう遅すぎるかもしれない。タクシーはいつもよりスピードを上げていたような気がする。パイロットは彼女が到着しだい出発するように命じられている。キュロスは管制塔の電話番号を押したが、話し中だった。電話がつながるまで、二十分はむだにしそうだ。

キュロスはぱっと立ちあがって車のキーをつかむと、外へ走り出て、スポーツカーに飛び乗った。いっきに加速すると、タイヤがきいっと音をたてた。曲がりくねった道路はヘアピンカーブの連続で、しかも片側は急勾配(こうばい)の崖(がけ)になっている。だが、この道を熟知しているキュロスは、ぎりぎりまでスピードを上げた。

飛行場へ向かって車を走らせている間に、空には星がまたたきはじめていた。そして、飛行場の管制塔のてっぺんにはグリーンの光が輝いている。

そう、飛行機はまだ離陸していなかった。飛び立つ寸前だったが。耳をつんざくようなエンジンの轟音(ごうおん)が響き、プロペラが急に回転速度を上げはじめた。キュロスはもう一秒もむだにできないとわかった。管制塔の中の人影がこちらに合図を送っているが、彼はそれを無視し、滑走路へ向かってまっすぐに車を飛ばした。そして、仰天しているパイロットの視界の真ん中で急ブレーキをかけた。

キュロスは車から飛び出すと、必死に両手を振った。すると突然、エンジンの音が小さくなり、プロペラの回転速度が落ちはじめた。飛行機の窓の一つから、アリスの青ざめた顔が見えた。目を大きく見開いている。やがてタラップが下りると、キュロスはそれを駆けあがった。何年ぶりかの猛スピードで。

キュロスが苦しそうに息をはずませて客室に足を踏み入れても、アリスは身じろぎもしなかった。血の気の引いた顔で座席に座ったまま、まるで石になったかのようにじっと動かなかった。

「アリス」キュロスは口を開いた。突然、パイロットが聞いているかどうかも、アリスがここから動こうとしないことも、どうでもよくなった。おそらく、これからなにを言おうと、アリスはもう僕に用はないと決めたのだろう。だが、あえて危険を冒さなければならないと彼は思った。「アリス、行かないでくれ」

強くなるのよ。アリスは自分に言い聞かせた。「行かなくちゃならないの」彼女は言った。そして、もう一度強調するように繰り返した。「行かなくちゃ」

キュロスは前に進み出て、二人の目の高さが同じになるように腰をかがめた。アリスのグリーンの瞳に、燃えるような黒い瞳が映っている。「君を愛していると言っても？」

アリスは唇を震わせた。キュロスは本気で言っているのではないと思ったのだ。どうして彼が私を愛したりするだろう？　「いいえ、そんなはずはないわ」彼女はささやくような声で言い返した。

キュロスはうなずいた。「君から言われたことを一つ一つ考えてみた。決して気分のいいことではなかったが……みんな本当のことだった。僕はオリンピアにとっていい父親ではなかった。悪いというわけではないが、もっと密に、もっと一貫性のある接し方をすべきだった。そして、君にとっては最悪の夫だった。僕は君を愛すまいとしていた。君には愛される資格が十分あるのに」彼はアリスの右手を取って、じっと見つめた。そこにはまだ真新しい結婚指輪がきらめいていた。これは彼女が心の隅で僕を許している証拠ではないだろうか？　星のない夜の闇の中で、かがり火のように明るく輝く一条の光ではないだろうか？

「君を愛している」キュロスは言った。それでもアリスはなにも言わない。「君を愛しているんだ、アリス。これ以上は言えない。これ以外の言葉を知らないから」

アリスははっとした。キュロスがこんなにおどおどして、自分をさらけ出す姿は、これまで見たことがない。彼はおそらく、生まれて初めて人間の弱さというものを認めたのだ。彼が愛を表す言葉を知らず、自分の気持ちをどう表現していいかわからないというのは、嘘ではない。だったら、どうして彼は愛を口にできるようになったのだろう？　だれが彼に教えたのだろうか？

でも、キュロスは確かに私を愛していると言った。彼はそんな言葉をむやみに口にする男性ではない。彼のその言葉によって、私は人生最大の冒険に乗り出す心の自由を得た。それは私がずっと求めていたものだ。彼を愛する自由、彼に愛し方を教える自由だ。

「ああ、キュロス」アリスはこみあげる感情にかすれた声で言った。「キュロス」

キュロスはアリスのもう一方の手も取った。「なぜ泣いているんだい？」彼はせっぱつまった声で言った。「わけを言うんだ、アリス」

アリスはかぶりを振った。「ああ、私の愛するキュロス……私はうれしくて泣いているの。それだけよ」

キュロスは呆然として、すっかり混乱していた。だが、心には深い安らぎが波のようにひたひたと打ち寄せてきていた。彼はアリスの指に一本ずつキスをした。「僕と一緒に帰ってくれるね？」今きくべきことはそれだけだった。

アリスはキュロスの首に両腕をからめ、耳元でささやいた。涙の最後の一粒が頬を伝った。「ええ、もちろんよ、ダーリン……我が家に帰るわ」

エピローグ

かちりと音をたててグラスを合わせ、二人の男性がそれぞれの妻を眺めながら乾杯をした。ニューヨークの高級レストランで、みんなが目の端で見ていることは気にもとめないようすで。

それにしても、確かにこの二人の男性は注目に値するとアリスは思った。二人は磁石のように人目を引く。どちらもすらりと背が高く、険しいながらもハンサムな顔立ちで、黒檀のような瞳を輝かせている。それぞれに人を振り返らせる魅力を持っているが、うり二つの姿でこうして並ぶと、その男らしいセクシーな魅力が何倍にもなる。この双子は長年にわたる反目を乗り越え、誤解を解いて、新たな関係を築こうとしているのだ。

世間の人は、二人はそっくりだと言う……。

アリスはクサンドロスの妻の方を向いて尋ねた。「あなたは二人を見分けられる？」

レベッカはにっこりした。「ええ、もちろん」

「私もよ。よくわからないけど……キュロスの笑みはどこか違うわ」そう言うと、アリスはため息をついた。というのも、このごろ彼は笑顔を見せることがとても多くなったからだ。それは、彼がいつも言うように、思わずにっこりしてしまうことがたくさんあるからだろうか？　彼は私を失いそうになって、自分が今持っているものの価値を知ったらしい。生まれて初めて、自分の幸運に気づいたのだ。

キュロスとアリスはクサンドロスの一家を訪ね、ニューヨークで一週間を過ごした。アリスは義理の弟と妹が大好きになった。それに、グラマシーパークの中にあるすばらしい彼らの家も。そして、クサンドロスとレベッカの間に生まれたかわいい双子の赤ん坊に恋をした。

小さなアンドレアスを抱くアリスを、キュロスは穏やかなまなざしで見ながら言った。

「僕の赤ん坊が欲しいかい、アリス？」

ニューヨークに来てからというもの、アリスはずっとそのことを考えていた。どうやらキュロスも同じことを思っていたようだ。「ええ、ぜったいに欲しいわ」アリスはささやいた。「今すぐでなく。しばらくはあなたとの生活を楽しみたいの。オリンピアとの生活も」

今やオリンピアは、二人の家庭の中で大きな位置を占めるようになっていた。そして、キュロスの心の中でも。それこそが愛なのだと、アリスは声に出さずにキュロスに言った。あなたがだれかを思えば思うほど、その愛は尽きることがないほど深くなるのだと。

二人はオリンピアに、クリスマスにはニューヨークに連れてくると約束した。アリスはすでに少女に葉書を送っていた。

〈ここはクリスマスには雪でいっぱいになるのよ〉アリスは葉書にそう書いた。〈だから、セントラルパークでスケートができるって、クサンドロス叔父ちゃまが言っているわ〉

アリスはコーヒーをかきまぜながら、ふと胸が熱くなった。一方、キュロスとクサンドロスはギリシア語で話しはじめ、また別の飲み物を注文した。

二人の男性が白濁した飲み物を口元に持っていくのを見て、アリスは眉を寄せた。「二人はなにを飲んでいるの？」レベッカに声をひそめて尋ねる。

「ウーゾだよ」アリスの声が聞こえたのか、キュロスが答えた。

「まあ！」女性二人は顔をしかめた。

キュロスは笑いながら身を乗り出し、妻の手にキスをした。「君はもう帰りたいのかい？」

二人の目と目が合った。それだけで互いの考えは読み取れた。「ええ、お願い」

「それじゃ、明日また会おうか？」クサンドロスがキュロスに尋ねた。

「もちろんだよ」キュロスが答えた。「明日は僕たちのニューヨーク滞在最後の日だから、僕が君たち二人に昼食をごちそうしよう」

「またあの埠頭の近くにある小さなギリシア料理店へ行くの？」レベッカが心配そうに尋

ねた。

アリスはぞっとした表情ですばやく義理の妹を見た。「あなたたち二人が歌を歌ったあのレストランじゃないでしょうね？」

「行けばわかるさ」キュロスはいたずらっぽい目で双子の弟をちらりと見ながら言った。「さてと、そろそろ行こう、アリス」早く美しい妻をホテルに連れて帰り、窓の外に街の明かりがきらめく中で、時間をかけてゆっくりと愛し合いたかった。そのあと、ベッドに横たわったまま、安らぎという言葉の本当の意味を知るのだ。

兄弟は抱擁を交わし、別れを告げた。キュロスはもう、こういうことを奇妙だとは思わなくなっていた。それは、感情をあらわにすることを恐れなくなったからだ。彼は、男はあくまで男であることを学んだ。たとえやさしい心を持っていても。今ここにいるのは、人生の多くの喜びに対して責任を負う一人の人間だった。なによりも、美しい妻アリスに対して。

二人は秋のさわやかな空気の中へ出ていった。セントラルパークにはすでに黄金色の落ち葉が舞いはじめていた。キュロスはアリスを抱き寄せ、黒い瞳をきらめかせて彼女を見おろした。

「今日はもう君をどのくらい愛しているか言ったかな？」

アリスはわざと顔をしかめた。「覚えてないわ」

キュロスはにっこりほほえんで、アリスの唇にそっとかすめるように唇を触れた。「それじゃ、言うよ。アリス・パヴリディス、君を愛してる」

アリスは笑みを返し、手袋をはめた手をキュロスの腕にかけると、一緒に公園を歩きだした。

●本書は、2009年3月に小社より刊行された作品を文庫化したものです。

華やかな情事

2024年1月1日発行　第1刷

著　者　シャロン・ケンドリック

訳　者　有森ジュン（ありもり　じゅん）

発行人　鈴木幸辰

発行所　株式会社ハーパーコリンズ・ジャパン
東京都千代田区大手町1-5-1
03-6269-2883（営業）
0570-008091（読者サービス係）

印刷・製本　中央精版印刷株式会社

定価はカバーに表示してあります。
 ISBN978-4-596-53163-6